www.bbulmedia.com

스타라이프

스타라이프

1판 1쇄 찍음 2018년 6월 26일
1판 1쇄 펴냄 2018년 7월 3일

지은이 | 정사부
펴낸이 | 정 필
펴낸곳 | 도서출판 **뿔미디어**

편집장 | 김대식
기획 · 편집 | 문정흠

출판등록 | 2002년 9월 11일 (제1081-1-132호)
주소 | 경기도 부천시 원미구 소향로 17번길(두성프라자) 303호 (우) 14544
전화 | 032)651-6513 / 팩스 032)651-6094
E-mail | bbulmedia@hanmail.net
비북스 | http://www.b-books.co.kr

값 8,000원

ISBN 979-11-315-9093-5 04810
ISBN 979-11-315-8292-3 04810 (세트)

CONTENTS

Chapter 1

입원

탕!

날카로운 총성이 도로 위에 울려 퍼졌다.

"안 돼!"

수현이 나서서 조폭들을 한 명, 한 명 제압해 포박하고 돌아서는 모습에 안도의 한숨을 내쉬던 참이었다. 그러나 곧이어 울린 총성에 차 안에 있던 용근과 메이링은 소스라치게 놀랐다.

"형! 수현이 형!"

용근은 차 밖으로 급히 뛰쳐나갔다.

"아악! 아파!"

달려가는 용근의 뒤에서 신음 소리가 들려왔다.

"어?"

뒤를 돌아보니 언젠가 본 적 있는 남자가 피범벅이 된 손을 부여잡은 채 바닥에 주저앉아 있었다.

다름 아닌 왕푸첸이었다.

매니저라면 으레 담당 스타의 안전을 최우선으로 생각해야 함에도 용근은 왕푸첸을 보자 분노를 주체하지 못했다. 이 사단의 원흉이 누구인지를 알게 되었기 때문이다. 찬 얼굴로 방향을 바꿔 그에게 달려갔다.

"야, 이 개새끼야!"

고함을 지르며 왕푸첸에게 달려간 용근은 그대로 이단 옆차기를 날렸다.

퍽!

우당탕!

퍽, 퍽, 퍽!

"으윽! 사, 살려줘! 으… 그, 그만……."

용근은 쓰러진 왕푸첸의 몸 위에 올라타 그의 얼굴에 연신 주먹을 꽂아 넣었다.

그사이, 뒤늦게 정신을 차린 메이링은 얼른 차에서 내려 수현에게 달려갔다.

"오빠!"

메이링의 외침에도 아랑곳 않은 채 수현은 자신의 오른쪽 옆구리를 내려다보았다. 군대에서 낙뢰 사고를 당한 이후로 지금까지 느껴보지 못한 통증이 옆구리에서 올라왔다.

'아, 나… 총 맞았구나…….'

사람들은 '총 맞았냐?'는 말을 농담처럼 던지곤 한다.

그런데 수현은 정작 본인이 그런 일을 실제로 겪게 되자 농담 같은 그 말이 전혀 우습지가 않았다.

"으음…….'

잘 느껴지지 않던 고통이 상처를 인지하자마자 한꺼번에 밀려들었다.

하지만 참을 수 없을 정도는 아니었다.

뚜벅뚜벅.

수현은 통증이 느껴지는 오른쪽 옆구리를 손으로 눌러 압박하며 천천히 차가 있는 곳으로 걸어갔다.

"괴, 괴물…….'

조폭 놈들은 수현이 총에 맞고도 담담히 걸어가는 모습에 질렸다는 듯이 얼이 빠진 목소리로 중얼거렸다.

"오빠, 괜찮아요?"

어느새 다가온 메이링이 수현을 황급히 부축했다.

"괜찮아. 일단 구급차 좀 불러주겠어?"

수현은 고통을 참으며 메이링에게 부탁했다.

"아, 내 정신 좀 봐. 알았어요."

메이링은 얼른 휴대폰을 꺼내 버튼을 빠르게 눌러 댔다.

지난번 흑사방 조폭들을 처리해 준 공안에 다시 한 번 전화를 걸어 수현이 총을 맞은 사실을 알리고 응급 헬기를 요청했다.

만약 메이링의 신분이 평범한 일반인이었다면 어림도 없는 일일 것이다. 하나 그녀는 중국 3대도시 중 하나인 텐진시의 시장 리자준의 딸이다. 두 번 생각할 것도 없이 승인이 떨어지는 건 당연했다.

"오빠, 헬기 요청했어. 곧 올 거야. 아파도 조금만 참아."

"형, 괜찮아?"

왕푸첸을 실신시킨 용근이 어느새 다가와 수현의 상태를 살폈다.

"응. 아직은 괜찮은 것 같아."

수현은 불안한 눈빛으로 자신을 쳐다보는 두 사람에게 담담한 목소리로 안심시켜 주었다.

물론 실상은 전혀 괜찮지 않았다.

낙뢰 사고 후 시스템이 적용되면서 일반인과 차별된 스텟을 부여받았다지만, 총상은 쉽게 극복할 수 있는 종류의 고통이 아니었다.

옆구리에서 느껴지는 통증은 정말이지, 마취 없이 생살을 도려내는 듯했다.

수현은 그 고통을 정신력으로 억누르며 아프지 않다는 듯이 연기하는 중이었다.

"용근아, 차에 구급약품 상자 있지?"

"아!"

그제야 생각이 난 용근은 급히 차로 달려갔다.

"잠시만 기다려!"

연예인들이 타는 차량에는 언제, 어디서, 어떤 상황이 발생할지 몰라 약간의 상비약과 음식이 들어 있는 서바이벌 키트가 비치되어 있다.

용근은 급히 트렁크를 열어 서바이벌 키트를 꺼냈다.

탁.

"여기!"

용근은 들고 온 서바이벌 키트를 수현의 앞에 내려놓았다.

수현은 서바이벌 키트를 열어 구급상자를 꺼냈다. 다행히

도 안의 내용물은 빠짐없이 구비되어 있었다. 소독약을 찾아 뚜껑을 열고 조심스레 옆구리에 부었다.

치익.

상처 부위에서 부글거리며 거품이 일어났다.

그렇게 몇 차례 더 소독약을 붓고 지혈제를 뿌렸다.

구급 약통에 들어 있는 지혈제는 일반적으로 흔히 사용하는 액체나 젤 형태가 아닌, 장기 보관이 용이한 분말 형태였다.

"여기 뒤쪽은 내가 할 수 없으니 네가 좀 해줘."

등 쪽의 상처 부위는 손이 닿지 않아 용근에게 부탁했다.

"오빠, 내가 할게요."

수현이 용근에게 약을 넘기려는 순간, 옆에 있던 메이링이 먼저 나섰다.

메이링은 방금 전 수현이 한 것처럼 총알이 관통된 부위에 소독약을 부었다. 구멍이 뚫려 피가 흘러나오는 광경이 끔찍할 수도 있는데, 메이링은 전혀 신경 쓰지 않았다.

"음……."

큰 고통은 아니지만, 갑작스럽게 소독약이 뿌려지자 따끔거리는 통증에 수현은 자신도 모르게 신음을 토했다.

"아파요?"

메이링은 갑자기 수현이 신음을 터뜨리자 손을 멈추고 걱정스레 물었다.

"아니야, 괜찮아. 계속해."

메이링은 잠시 망설이다가 이내 마음을 다잡고는 다시 한번 소독약을 상처 부위에 붓고 지혈제를 뿌렸다. 그런 후에 깨끗한 거즈를 대고 붕대로 감쌌다.

그렇게 응급처치를 한 뒤, 수현을 차에 눕히고 공안과 구급 헬기가 오길 기다렸다.

타타타타!

10여 분 정도가 지나자 헬리콥터 소리가 들렸다.

헬기에서 가장 먼저 내린 사람은 의사도, 구급대원도 아닌, 제복을 입은 공안이었다.

공안은 도로에 멈춰 서 있는 차로 다가왔다.

"신고자가 어느 분이십니까?"

"저예요, 리 메이링. 텐진 시장이신 리자준 시장의 막내 딸이에요."

메이링은 공안의 질문에 공민증을 내보이며 신분을 밝혔다.

"아, 예!"

메이링이 신분을 밝히자 처음 질문을 했을 때와 다르게

공안은 정중한 태도를 보였다.

"여기 총상을 입은 환자가 있어요. 어서 옮기세요."

"네, 알겠습니다."

공안은 그제야 헬리콥터에서 내리고 있는 의사와 간호사를 보며 손짓을 했다.

의사와 간호사는 거의 뛰다시피 수현이 누워 있는 차량으로 다가갔다.

상처를 살핀 의사는 깔끔한 처치 상태를 보고 자신이 이곳에서 더 할 일이 없다는 걸 깨달았다. 그렇다면 이대로 이송을 서두르는 게 현명한 일이었다. 판단을 내린 의사는 헬기 쪽으로 신호를 보냈다.

그러자 대기하고 있던 구급대원이 환자 호송용 들것을 가져와 수현을 실어 옮겼다. 이제 병원으로 옮기기만 하면 되는데, 헬리콥터는 바로 출발을 할 수 없었다.

그도 그럴 것이, 때 아닌 실랑이가 벌어진 탓이었다. 환자와 동행할 수 있는 사람은 딱 한 명뿐인데, 메이링과 용근은 서로 가려고 한 것이다.

"매니저인 제가 가겠습니다."

"아니에요. 제가 갈게요. 어차피 여기 있는 차도 가져가야 되고, 또 저 혼자 여기에 남아 있기 무서워요."

"음……."

용근은 메이링의 말을 듣고 일리가 있다고 생각했다. 사실 이런 한적한 곳에 여자 혼자 남겨둔다는 것도 말이 안 되는 일이었다. 게다가 병원에 도착해서도 막강한 배경을 가진 메이링이 곁에 있는 것이 일을 더 수월하게 진행할 수 있을 것이라는 판단이 섰다.

"알겠습니다. 그러면 병원에 도착해서 제게 연락을 주십시오."

환자와 동행할 사람이 정해지자 헬기는 빠르게 북경을 향해 날아갔다.

한편, 범인 일당이 묶여 있는 것을 확인한 공안은 굳은 표정으로 용근을 불렀다.

"여기, 이 사람은 누가 이런 것입니까?"

공안이 엉망인 몰골로 쓰러져 있는 왕푸첸을 가리켰다. 손은 피범벅인데다 얼굴은 얼마나 맞았는지 퉁퉁 부어 알아보기도 힘들 정도였다.

"제가 그랬습니다. 그 사람이 저희를 습격하기 위해 저기 조폭들을 동원하고, 또 수현 형님에게 총을 쏜 사람입니다."

전혀 거리낄 게 없는 용근은 공안의 질문에 한 치의 가감도 없이 대답을 하였다.

"음……."

하지만 공안은 용근의 대답에 난처하다는 듯 작게 신음을 터뜨렸다.

자국민과 외국인 간의 트러블로 인한 사건이다.

다른 나라의 경우, 이런 때에는 시시비비를 가려 잘못을 한 쪽에 죄를 묻는다. 하지만 중국은 다르다.

중국에서 사건이 벌어지면 관계자들의 신분을 조사하고, 지금과 같은 상황에서는 자국민 위주로 조사를 진행한다.

그러다 사건의 원인이 내국인이라 할지라도 어떻게 해서든 외국인의 잘못으로 몰아갔다.

그런데 지금은 상황이 많이 복잡했다.

내국인과 외국인의 마찰로 사건 발생.

여기까지는 그가 흔히 접해오던 사건과 다를 게 없다.

그런데 결정적인 차이가 있었다. 내국인이 가해자이면서도 큰 부상을 입었다는 것이다.

뿐만 아니라 여기 묶인 10여 명의 사내들은 북경 일대에서도 잔인하기로 소문난 흑사방 소속의 조폭들로, 신분에 문제가 있었다.

더욱이 조폭들을 동원했으리라 여겨지는, 고급스러운 복

장의 푸얼다이는 피 떡이 되어 있었다.

정황상 푸얼다이가 외국인 연예인에게 원한이 있어 보복을 하려다 되레 당한 것 같았다.

중국에서 푸얼다이와 연관에 사건은 제대로 해결된 적이 없다. 그런데 이번 사건은 관얼다이까지 엮여 있었다. 그것도 상당한 고위직에 있는 관료의 딸이다.

가해자이자 피해자인 쪽이 푸얼다이고, 외국 연예인과 함께 있던 사람이 관얼다이였다.

공안은 골치가 아파왔다. 이건 도저히 자신의 선에서 처리할 만한 일이 아닌 것이다. 갑자기 확 짜증이 치솟은 그는 가장 만만해 보이는 용근에게 고압적으로 나갔다.

"저기 저자는 조금 전 헬기에 동승한 메이링 씨와 친구분들을 납치하려다 한류 스타 정수현 씨에 의해 미수로 그친 사람입니다."

용근은 다친 손을 부여잡으며 신음성을 내뱉는 왕푸첸을 가리키며 사정을 설명해 나갔다.

'그렇게 된 것이군.'

처음에는 푸얼다이가 연예인에게 넘어간 여자 친구 때문에 사건을 벌인 것이라 생각했다. 그런데 푸얼다이로 보이는 왕푸첸이 이전에 납치 미수범이었다는 사실을 듣게 되자

이 사건의 전모를 알게 되었다.

사건을 어떻게 풀어야 할지 이제야 기준이 섰다.

*　　　*　　　*

수현이 총에 맞아 병원에 입원했다는 소식은 순식간에 알려졌다. 중국은 물론이고, 한국과 일본, 그리고 동남아뿐만 아니라 전 세계로 퍼졌다.

아시아에서야 로열 가드와 리더인 수현의 인기가 대단하기에 당연히 그럴 수 있다고 하지만, 유럽과 남북 아메리카에서도 수현이 총격 테러를 받았다는 것이 이렇게까지 크게 다뤄질 줄은 아무도 예상하지 못했다.

[한국의 대표 아이돌 그룹, 로열 가드의 리더인 정수현 씨가 총격을 당해 병원에 입원했습니다. 오늘 낮, 정수현 씨는 북경 TV의 요리 대결 프로그램을 마치고 텐진으로 돌아가던 중 변을 당한 것으로 알려졌습니다. 자세한 내용은 현장에 나가 있는 기자를 통해 알아보겠습니다. 리웨이 기자, 나와주세요.]

[네, 리웨이입니다. 제가 서 있는 이곳은 한류 스타 정수현 씨가 습격을 당한 도로입니다. 공안에 의해 신병이 구속된 흑사방 조직

원들은 재벌 2세의 사주로 범행에 가담했음을 시인했습니다.]

[리웨이 기자, 방금 재벌 2세의 사주라고 하셨는데요, 정수현 씨와는 어떤 관계가 있는지 잘 이해가 안 됩니다. 두 사람에 관해 들어온 소식이 있나요?]

[네, 그렇습니다. 사실 두 사람의 악연은 몇 달 전으로 거슬러 올라갑니다. 당시 피의자는 술자리에서 동석을 거부한 여성들을 납치하려 했는데, 마침 그 자리에 있던 정수현 씨가 막아서며 미수에 그치고 말았습니다.]

[음, 미수에 그쳤다고는 하지만 엄연히 납치 시도가 벌어졌는데, 그에 대한 처벌이 없었나요?]

[네. 당시 현장을 목격한 증인에 따르면…….]

수현의 피격 사건으로 인해 중국 사회는 발칵 뒤집혔다.

수현은 현재 중국에서 활동하는 연예인 중 가장 인기 있는 스타였다. 여느 해외 배우나 가수와 달리 중국 내에서 자국 스타보다 더 많은 인기를 누리는 게 수현이었다.

물론 거기에는 그에 맞는 이유가 있었다. 수현은 한국인이긴 하지만 중국어 구사 능력이 현지인과 차이가 없을 만큼 뛰어났다. 게다가 높은 인기에 걸맞지 않게 소탈하고 겸손한 태도를 유지해 온 터라 중국 내에서도 국민적인 사랑을 얻고 있었다.

뿐만 아니라 수현은 중국에서 벌어들인 수익의 일정 부분을 항상 사회 환원에 사용했다. 이는 다른 외국인 스타들과 다른 행보라고도 할 수 있었다.

사실 수현은 한국에서도 사회 공헌에 이바지해 왔다. 연예인은 대중의 사랑으로 살아가는 존재이고, 그런 만큼 사회에 환원해야 한다는 것이 수현의 마인드인 것이다.

중국에서도 마찬가지로 수익의 일정 부분을 소외 계층을 돕기 위해 사용하고, 또 재난 피해를 입은 지역에 성금을 보내기도 하는 등 많은 노력을 해왔다. 그랬기에 중국인들이 이런 수현을 좋아하고 환호하는 것이다.

그런데 그런 수현이 푸얼다이의 테러로 입원을 하였다는 소식에 사람들이 구름처럼 모여들었다.

중국은 공산주의 국가라 국민들의 집회를 절대로 허용하지 않는다.

그런 이유로 공안이 서둘러 출동했지만, 다행스럽게도 충돌은 없었다.

충돌이 발생하기 전에 수현이 자신의 건재함을 내보임으로써 사고를 미연에 방지한 것이었다.

만약 수현이 나서서 막지 않았다면, 1989년 6월에 벌어진 천안문 사태 이후 최악의 사건이 터질 수도 있었다.

　그만큼 이번 수현의 총격 사건으로 인해 모여든 팬들의 숫자는 어마어마했다.

＊　　　＊　　　＊

　[재벌 2세의 추악한 범죄를 막았다는 이유로 한국의 아이돌 스타가 총에 맞는 부상을 입었다고 합니다. 놀랍게도 이건 중국에서 벌어진 사건인데요, 그로 인해 현재 중국에서는 황금만능주의에 빠진 재벌 2세들의 행태에 대해 성토하는 분위기가 팽배하다고 합니다.]

　[네. 시청자분들도 잘 아시다시피 중국이란 나라는 강력한 일당 독재를 통해 사회질서를 잡아 나가는데요, 그런 시각에서 볼 때 금번의 사건은 어리석은 재벌 2세가 국가권력에 도전을 했다고도 볼 수 있습니다. 세상에나, 중국에서 총격이라니요.]

　[하하, 그 멍청한 재벌 2세는 한 번의 판단 착오로 모든 것을 잃게 생겼군요. 뭐, 사실 우리도 남 얘기할 때는 아니지만요. 얼마 전에도 캘리포니아에서 총기 난사 사건이 벌어졌지요?]

　[네, 그렇습니다. 다행히 주변에 있던 용감한 시민들이 범인을 사살하여 더 큰 피해를 막을 수 있었습니다.]

[와우~ 대단한 시민들이군요. 그럼 다시 원래 이야기로 돌아와서…… 총격 사건이 충격적이긴 하지만 중국 내 재벌 2세들의 횡포가 어제오늘 일은 아닌데, 이번 사건이 특별한 이유는 무엇인가요?]

[네. 앞서 전해 드렸다시피 이번 사건의 피해자인 아이돌 스타 때문이라고 볼 수 있겠는데요. 그는 사실…….]

총기 사고가 하루에도 몇 백 건씩 일어나는 미국에서도 수현의 피격 사건은 가볍게 다뤄지지 않았다.

수현이 미국인이 아님에도 불구하고 미국 TV에서 보도되는 이유는 달라진 한류의 위상 덕분이었다. 현재 미국 영화계는 물론이고, 음악계에서도 한류의 열풍이 불어닥치고 있는 상황이다.

그저 총 쏘고 때려 부수는 내용 일색인 할리우드는 소재의 고갈로 내리막길을 걷는 중이다. 이대로라면 존립마저 위태로울 지경이라 투자자와 감독들은 새로운 소재를 구하기 위해 외부로 눈을 돌렸다. 그러던 중 이들은 한국을 주목하게 되었다.

인구 6천만의 작은 나라이지만, 한국은 매년 우수한 영화들이 쏟아져 나오며 세계적인 영화제에서도 수상을 하였다.

더욱 놀라운 일은 엄청난 자본을 바탕으로 대작을 만들어 내는 것이 아니라는 점이었다. 할리우드에서 천문학적인 비용을 사용하는 것과 비교될 만큼 10퍼센트도 되지 않을 저렴한 예산으로 그에 버금가는 영화를 만들어내고 있었다.

영화뿐만이 아니다. TV 드라마 또한 신선하고 참신한 소재에 뛰어난 연기를 바탕으로 완성도 높은 작품들을 하나둘 뽑아내고 있다. 그리고 카메라는 이를 진솔하게 담아내며, 남녀의 연애를 단순히 서로의 애욕을 즐기는 차원이 아닌 보다 고상한 차원으로 승화시켰다.

그 덕분에 한국 드라마는 한국 출신의 이민자들이나 보던 비주류에서 이제는 미국인들도 많이 찾아보는 장르가 되었다.

이렇게 영화나 드라마와 같은 영상물뿐만 아니라 K—POP이라 불리는 한국 가요들 또한 마찬가지다.

현대적으로 세련된 멜로디와 오랜 연습을 통해 호흡을 맞춘 안무는 팬들의 시선을 끌어모으고 감탄을 자아냈다.

젊은 층 위주로 인기를 얻어가는 와중에, 드라마 OST를 통해 드라마의 시청자들도 K—POP의 팬으로 끌어들이는 중이다.

이 중에는 수현이 리더로 있는 로열 가드도 예외는 아니기에 이번 수현의 피격 소식은 미국에서도 관심을 가지고 지켜보는 이들이 많았다.

* * *

아무리 초인적인 신체를 가진 수현이라 할지라도 총을 맞은 후유증이 심각해 병원에 입원을 할 수밖에 없었다.

그 때문에 막바지 촬영만 남겨둔 대금위의 촬영은 수현의 상태가 어느 정도 호전될 때까지 연기되었다.

그나마 다행인 것은 사고가 나기 전에 촬영을 마친 분량이 많이 남아 있어 방영 자체는 크게 걱정할 정도가 아니었다.

더욱이 수현이 부상을 입은 과정이 진실과는 조금 다르게 전파되면서 방송국에서도 문제 삼지 않고 넘어갔다.

그게 무슨 소린가 하면, 사고 당시 수현은 매니저만 동반한 것이 아니라 동업자인 리 메이링과 함께 톈진 시로 향하는 중이었다.

총을 쏜 왕푸첸은 수현을 겨냥한 것이 아니라 리 메이링에게 앙심을 품고 테러를 하려다 수현에게 방해를 받은 것이라고 소문이 나버린 것이다.

텐진 시의 시장인 리자준은 중국 내 고위 권력자 중 한 사람이다.

그런 인물의 딸에 대한 테러를 막아낸 영웅이 그 과정에서 부상을 입었는데, 어떻게 계약서를 들이밀 것인가.

더욱이 수현은 이전에도 리 메이링을 납치 위기에서 구해 주면서 인기의 최고점을 찍은 상태라 텐진 TV로서는 그를 받들어 모셔야 할 지경이었다.

그런 까닭에 수현에게 강하게 나가지 못하고 더욱 조심스러울 수밖에 없었다.

당연히 남은 촬영을 감행하라는 말을 할 수도 없을뿐더러 만약 막무가내로 그런 말을 했다가는 한창 인기 몰이 중인 드라마는 물론이고, 텐진 TV에 대한 시청 거부 운동이 벌어질지도 몰랐다.

그래서 수현은 현재 병원에서 한가한 시간을 보내고 있는 중이었다.

시간이 날 때마다 찾아오는 메이링이나 그녀의 친구인 양시시와 진샤오린과 담소를 나누거나, 혼자 있을 때는 대금위의 대본을 읽었다.

오늘도 오전에 리 메이링이 한 차례 들렀다 가고 시간이 남아 병원 침대에 누워 대본을 보고 있는 중이었다.

똑, 똑.

"들어오세요."

노크 소리가 들리자 수현은 들고 있던 드라마 대본을 내려놓고 출입문을 쳐다보았다.

"몸은 좀 어때?"

문을 열고 들어온 사람은 바로 로열 가드의 총괄 매니저인 전창걸이었다.

"바쁘실 텐데, 또 오셨어요?"

현재 전창걸은 로열 가드의 컴백 준비로 정신이 없을 터였다.

사고만 터지지 않았다면 수현도 드라마 촬영을 마치고 한국에서 컴백을 준비하고 있었을 것이다. 하지만 상처가 낫더라도 최소 몇 주간은 안정을 취해야 한다는 의사의 소견에 따라 수현은 이번 컴백에서 빠지기로 했다.

사실 다른 멤버들은 리더인 수현이 몸이 낫기를 기다린 후에 함께 컴백하길 원했지만, 수현 본인이 단호하게 거절했다.

그도 그럴 것이, 수현의 대금위 출연으로 인해 로열 가드는 5개월째 활동을 중단하고 휴식기에 들어간 상태다.

물론 로열 가드 멤버들이 그 기간 동안 아예 활동을 하지 않은 건 아니지만, 그래도 로열 가드라는 이름을 가지고 공식 활동을 한 것은 5개월 전이 마지막이었다.

그렇기에 이번에 수현의 드라마 촬영이 끝나면 다 함께 컴백을 하려고 했던 것이다.

하지만 이렇게 수현이 불의의 부상을 당하면서 그 계획은 무산되어 버렸다.

아울러 킹덤 엔터의 주식도 소폭 내려앉았고.

"아이들 컴백 준비에 정신이 없는 것은 사실이지만, 그래도 리더인 네가 병원에 입원하고 있는데 자주 확인하러 와야지."

전창걸은 별거 아니란 듯 대답을 하였다.

하지만 수현은 자신의 부상으로 인해 회사의 계획이 틀어져 버렸다는 생각에 표정이 어두워졌다.

"야야, 넌 그런 표정 짓지 말고 회복에나 신경 써."

"네, 알겠습니다."

대답을 하면서도 수현은 미안한 마음을 주체할 수 없었다.

회사의 사정이 어려워지게 된 사건의 발단 또한 자신이 얽힌 스캔들이라는 것을 알기에 수현은 너무도 미안했다.

물론, 중국에서의 인연으로 인해 이전보다 금전적으로는 수익이 늘어났다고는 하지만, 일단 회사 외형은 전성기에 비해 많이 위축이 된 것도 사실이다.

그런데 자신이 더욱 활발하게 활동하여 회사를 떠난 이들이 다시 돌아오게 하지는 못할망정 부상을 당해 로열 가드의 활동에 지장을 주었으니, 뭐라 할 말이 없을 따름이다.

"너무 걱정하지 말고. 참, 네게 알려줄 소식이 있는데……."

"네? 뭔데요? 혹시 안 좋은 일이라도 있나요?"

수현은 안 좋은 생각이 먼저 떠올랐다. 원래 그런 성격은 아니지만, 여러 일을 짧은 기간에 겪다 보니 부정적인 생각이 먼저 떠오른 것이다.

"아, 그런 것은 아니고, 우리 킹덤을 터부시하던 방송국의 분위기가 누그러들었다."

"어, 그래요? 그건 좋은 소식이네요."

수현은 눈을 동그랗게 뜨며 놀라워했다.

"그래. 들리는 소문에 의하면, 정치권에서도 더 이상 관여를 하지 않기로 했다는 것 같더라."

"정말이요? 여당에서 벌써 그 문제를 덮기로 한 것인가요?"

수현은 고개를 갸웃거렸다.

사실 킹덤 엔터의 사정이 더욱 어려워진 것은 모두 여당 때문이 아닌가. 원래 여론 조작을 계획한 일당들은 자신들이 벌인 일들이 모두 까발려지는 바람에 정치적 생명이 모두 끝났다.

다만, 그들의 동료 의원들이 일개 연예 기획사인 킹덤 엔터에 의해 나가리가 된 것에 대한 보복을 한 것이 지금의 처지에 이르게 한 것인데, 그런 여당의 공세가 사라졌다는 말에 기대를 갖고 물어본 것이다.

"어차피 그들이야 함께 있을 때야 동료고 같은 편일 뿐이지. 그런 인간들이 이미 정치 생명이 끝난 그들에 대한 의리를 지키겠냐?"

수현의 질문에 전창걸은 냉소적으로 대답을 하였다.

"그런데 넌 병문안 온 손님에게 뭐 대접하는 것도 없냐?"

전청걸은 병실 한쪽에 놓인 냉장고를 열고 음료수를 꺼내 마시며 투덜거렸다.

"아니, 그렇게 따지면 담당 연예인인 제가 병원에 입원을 했는데, 매니저가 빈손으로 와요?"

이미 나이를 떠나 격의 없는 관계인 두 사람이기에 자연스럽게 농담을 주고받았다.

"하, 그나저나 넌 도대체 작년 이맘때부터 왜 이러냐?"

전창걸은 음료수를 마시다 말고 하소연하듯 말을 꺼냈다.

"그러게 말이에요. 제가 미신은 안 믿었는데, 이젠 믿어 볼까 봐요."

"응? 그게 무슨 소리야?"

전창걸은 느닷없는 수현의 대답에 눈을 동그랗게 뜨며 물었다.

"어제 어머니랑 통화를 했는데, 제게 하도 사고가 많이 터져서 무당을 찾아갔는데 그러더래요."

수현은 진지한 표정으로 어제 어머니와 나눈 이야기를 들려주었다.

*　　　*　　　*

왁자지껄.

조용해야 할 병실이 마치 도떼기시장마냥 시끄러워졌다.

그도 그럴 것이, 여자 셋이 모이면 접시가 깨진다는 속담을 증명하려는 듯이 20대 처녀 세 명이 수현이 입원한 병실을 찾아와 떠들고 있었기 때문이다.

"아니, 우리 파파는 벌써부터 날 집에서 내보내고 싶나 봐."

"왜?"

"글쎄, 어제 집에 들어가니까 어떤 남자 사진을 보여주는 것 있지!"

"어머? 누군데? 어떤 사람이야?"

양시시는 진샤오린의 이야기에 눈을 반짝이며 물었다.

아직 20대 초반인 그녀들은 아직 결혼에 대해 생각해 보지 않았지만, 친구의 부모님이 선 볼 남자의 사진을 보여줬다는 말에 호기심을 보였다.

어차피 자신의 일이 아닌 친구의 일이니 재미있다는 반응이다.

"아, 몰라. 군인이라고 한 것 같은데."

진샤오린은 친구의 질문에 관심이 없다는 듯 무성의하게 대답하고는 수현을 돌아보았다.

"오빠."

"응?"

"로열 가드 컴백 준비해야 한다고 하지 않았어요?"

"응. 아마 한 달 뒤에 컴백할 거야."

수현은 대본을 읽다 말고 진샤오린의 질문에 대답을 해주었다.

"오빠가 여기 입원해 있는데 어떻게?"

"응. 내가 리더이긴 하지만, 로열 가드의 활동은 이미 연초에 계획이 잡혀 있던 일이라 어쩔 수 없어. 이번에는 나빼고 다른 멤버들끼리만 컴백 활동하기로 했어."

수현은 아무렇지 않다는 표정으로 대답하고는 다시 드라마 대본을 들여다보았다.

"어머, 어떡해."

"오빠, 그럼 로열 가드가 아니라 유닛으로만 활동을 하는 거예요?"

이번에는 진샤오린에 이어 양시시가 물음을 던져 왔다.

"아니, 이번에는 정규 앨범이기에 컴백은 로열 가드로 할 거야."

"아!"

양시시는 안타까운 마음에 탄성을 지르며 수현을 쳐다보았다.

"뭐, 너무 그렇게 불쌍하게 쳐다보지는 마. 이참에 휴가 받았다 생각하고 몸 좀 괜찮아지면 여행이나 다녀올 생각이니까."

"오빠, 여행 가려고요?"

"응. 이제 어느 정도 움직임에 불편한 것도 가셨고, 조만간 퇴원을 할 거야."

"아니, 총상을 입었으면서 무슨 벌써부터 퇴원을 한다고 그래요?"

퇴원을 하겠다는 말에 메이링을 비롯해 양시시와 진샤오린까지 모두 수현을 말렸다.

"이미 의사 선생님과 이야기를 모두 끝냈어."

수현은 세 사람이 지금 무슨 생각을 하는지 짐작할 수 있었다. 그만큼 자신을 걱정해 준다는 것을 알기에 고마운 마음도 들었다. 하지만 애써 내색하지 않으며 이유를 댔다.

"그리고 너무 오래 병원에 있으면 드라마 촬영에도 지장이 있어."

물론 이건 새빨간 거짓말이다.

중국에서도 국민적 영웅으로 떠오른 수현에게 감히 스케줄 강요를 할 수 있을 만큼 간 큰 방송국 인사가 있을 리 없으니까.

사실 병실에 있는 것이 답답해 수현이 먼저 요청을 한 것이다.

그리고 다른 이유로는, 괜히 장기간 병원에 있다가 자신의 신체 비밀이 알려질까 봐 퇴원을 서두르는 것이기도 했다.

우웅, 우웅.

수현이 세 여자와 한창 퇴원 이야기를 주고받고 있을 때, 전화기가 울렸다.

"잠시만."

수현은 양해를 구하고 전화를 받았다.

'어? 어머니네?'

액정 화면에 어머니란 글자가 보였다.

"어머니, 어쩐 일이세요?"

— 얘는 뭐가 어쩐 일이니. 몸은 어떤지 궁금해 전화한 것이지.

"걱정하지 마세요. 다 나았으니까요. 며칠 있다 퇴원할 거예요."

— 괜찮기는 뭐가 괜찮아. 총에 맞았는데. 이것저것 많이 불편할 텐데, 그러지 말고 한국에 와서 입원하는 것은 어떠니?

어머니는 뭐가 그리 걱정이 되는지 살짝 타박을 하면서 귀국하기를 종용했다.

그래야 밥이라도 한 번 더 챙겨 먹일 수 있을 것 같은 심정이기 때문일 것이다.

하지만 아직 찍고 있는 드라마 촬영이 완료되지 않은 시점에서 한국으로 들어가는 것은 수현 스스로가 용납할 수 없는 일이었다.

어찌 되었든 병원에 입원해 촬영에 지장을 줬음에도 불구하고, 텐진 TV 측에선 양해를 해주고 있는 상황이었다.

"괜찮아요. 저 정말로 이제 다 나아서 일상생활을 하는데 아무런 지장도 없어요. 다만, 주변에서 걱정할까 봐 며칠 더 병원에 있는 것뿐이에요."

비록 보이지는 않지만, 수현은 어머니를 안심시키기 위해 노력했다.

─ 작년부터 하도 네게 안 좋은 일이 생겨 좀 알아봤더니, 네가 삼재라더라.

"하하하, 알겠어요. 앞으로 조심할게요."

수현은 어머니의 말을 믿지는 않지만, 그냥 웃으며 조심하겠다고 이야기했다.

솔직히 초인적인 신체를 가지고 있는 수현이다.

만약 왕푸첸을 사전에 인식했더라면 총이 아니라 더 위협적인 무기를 사용했더라도 피할 수 있었을 것이다.

다만, 흑사방 조폭들에게 정신이 쏠린 틈에 당한 일이기에 총에 맞았을 뿐이다.

하지만 자식을 걱정하는 어머니의 마음을 잘 알기에 조심하겠다는 말로 답할 수밖에 없었다.

─ 엄마 말 흘려듣지 말고, 조심해.

"알았어요. 조심할게요."

─ 그래. 엄마는 네가 돈 많이 벌어오는 것 필요 없다. 그러니 위험한 일은 하지 말고, 건강히 돌아와. 알았지?

"네, 알겠어요."

─ 그래. 알겠다니 이만 끊는다.

"네. 어머니도 건강 조심하세요."

탁.

"어머니 전화세요?"

수현이 통화하는 것을 옆에서 듣고 있던 메이링과 그녀의 친구들은 조심스럽게 물었다.

"그래. 내 몸 상태가 궁금하셨나 봐."

"아하, 그런데 정말로 퇴원해도 돼요?"

조금 전에 설명을 들었으면서도 메이링은 다시 한 번 물었다.

"전혀 이상 없대. 얼른 퇴원을 해서 드라마 촬영이 끝나면, 이번에는 정말로 여행을 가볼 생각이야."

수현은 이참에 휴식을 핑계 삼아 미국을 다녀올 생각이었다.

Chapter 2
이소진이 전한 소식

많은 인파가 베이징 국제공항에 모여들었다.

원래 중국의 수도인 북경에 들어오려는 사람들로 공항은 언제나 붐비지만, 오늘은 무슨 일인지 젊은 여자와 어린 소녀들이 삼삼오오 떼를 지어 누군가를 기다리며 공항 일대를 가득 메우고 있었다.

하지만 그럼에도 여느 때와 다르게 무척이나 질서정연한 모습에 주변을 지나는 사람들은 고개를 갸웃거렸다.

그도 그럴 것이, 중국인이라면 으레 질서를 지키지 않는 것으로 유명한 탓이었다.

시끄럽고 지저분하며, 공공질서를 잘 지키지 않는 것 때문에 해외에서도 많은 문제를 야기하는 것이 중국인이다.

그런데 셋만 모여도 접시가 깨진다는 여자들이 마치 유명록 페스티벌의 관객마냥 수만 명의 인파가 몰렸는데도 다른 사람들이 불편해하지 않도록 조용히 커다란 사진만을 들고 있었다.

이런 여성 팬들을 촬영하는 방송국 카메라도 군데군데 있어 공항을 이용하던 사람들은 잠시 발걸음을 멈추고 관심을 보였다.

"와! 오빠다!"

이윽고 공항 밖에서 누군가가 크게 외쳤다.

"와아!"

그와 동시에 잘 유지되고 있던 질서가 잠시 흔들렸다.

혹시나 사고를 방지하기 위해 나와 있던 공안들이 긴장된 모습으로 술렁이는 팬들을 통제하기 시작했다.

찰칵찰칵.

공항 입구가 열리며 환한 빛이 쏟아져 들어왔다.

"오빠, 가지 마세요!"

"그래요. 가지 마요!"

공항으로 들어서던 수현은 사방에서 들려오는 팬들의 외침 소리에 당황하지 않고, 그들에게 손을 흔들어주었다.

"또 올게요. 지금 간다고 너무 섭섭해하지 말고, 로열 가드 많이 사랑해 주세요."

비록 자신은 로열 가드의 이번 컴백에 빠지게 되었지만, 아낌없는 성원을 당부했다.

"네! 로열 가드 사랑해요!"

"수현 오빠도 공연 때 꼭 함께해 주세요!"

팬들은 얼마 전에 당한 사고로 수현이 로열 가드 활동을 함께하지 못한다는 소식을 접했다.

그 모든 일의 발단은 왕푸첸이었다.

왕푸첸은 클럽에서 마음에 든 메이링을 납치하려다 수현에 의해 실패하고 원한을 품게 되었다.

이후 조폭을 동원하며 일을 저질렀지만, 뜻대로 되지 않자 총까지 쏘게 된 것이다.

그나마 다행인 점은 왕푸첸의 총이 불량이라 발사와 동시에 폭발을 했다는 것이다.

그 때문에 수현은 가까스로 치명상을 면할 수 있었다.

하지만 왕푸첸의 불행을 거기서 그치지 않았다.

총기 폭발로 인해 손에 부상을 입은 왕푸첸은 수현이 제압한 흑사방 조폭들과 함께 그 자리에서 현행범으로 체포되었다.

당시 수현과 함께 있던 리 메이링의 증언으로 왕푸첸이 이전에 저질렀던 납치 미수 사건까지 재조명되어 사형을 선고받았다.

여느 때라면 집안의 역량으로 형량을 축소시키거나 무죄 판결을 받아냈겠지만, 상황이 좋지 못했다.

이미 납치 미수 사건으로 말미암아 그의 집안은 가세가 기울어졌고, 외국의 유명 스타에게 테러를 가했다는 점이 무거운 처벌에 한몫했다. 게다가 수현과 함께 동승한 사람이 메이링이었다는 게 사형 판결에 도장을 찍었다.

수현의 총격 사건은 TV를 통해 해외까지 소식이 퍼지며 많은 사람들이 알게 되었다.

만천하에 알려진 왕푸첸의 죄상은 아무리 푸얼다이라 해도 감당하지 못할 정도였다.

더욱이 함께 있던 사람이 중국 공산당의 상위 권력자 딸이었기에, 정부당국에서는 빠르게 처리하길 원했다.

결국 왕푸첸의 판결은 사형으로 신속하게 처리되었다.

사형 집행 또한 속성으로 이뤄졌다. 판결이 내려진 지 불과 일주일도 지나지 않아서 집행이 이루어진 것이다.

수현은 대금위 마지막 촬영 중에 그 소식을 접했지만, 크게 신경 쓰지 않았다.

이미 법의 판결을 받은 이상 그에 관한 관심을 접었다. 사형 집행은 그와는 다른 세상의 이야기일 뿐이다.

용근은 팬들을 향해 손을 흔드는 수현을 탑승 게이트 안으로 떠밀었다.

"어서 들어가죠."

아직 탑승까지는 시간이 남았지만, 혹시라도 터질지 모를 사고에 대비해 출국 수속을 미리 받고 탑승 게이트 안에 마련된 특실에서 기다리기로 한 것이다.

"또 올게요!"

수현은 게이트를 통과하면서도 자신의 모습을 촬영하는 팬들에게 마지막 인사를 했다.

*   *   *

찰칵찰칵.

인천 국제공항 입국 게이트를 통과하기 무섭게 여기저기서 카메라 플래시가 터졌다.

"수현 씨, 중국에서 총상을 입으셨다는데, 지금은 이상 없으신가요?"

"총을 쏜 범인과는 원래 안면이 있던 관계인가요?"

"원한 때문이라는 소리가 있던데, 무엇 때문에 원한을 품게 된 겁니까?"

입국 게이트 앞을 둘러싼 기자들이 폭포수처럼 질문을 쏟아냈다.

수현은 기자들의 질문에 아무런 대답도 하지 않고 그저 묵묵히 그 사이를 통과하였다.

"아씨, 대답 좀 해보라고!"

"뭐 잘났다고 기자들 질문에 말도 안 해!"

수현이 여전히 묵묵부답이자 기자들 사이에서 막말이 쏟아져 나오기 시작했다.

"왜 우리 오빠에게 뭐라고 그래요! 기자면 다야?"

물론 팬들도 가만있지 않았다.

조용히 수현의 입국을 지켜보던 팬들이 기자들에게 비난을 날렸다.

수현이 국내 활동을 하지 못한 것이 기자들이 퍼트린 루머 때문인데, 오랜만에 입국한 수현을 향해 또다시 막말을 내뱉자 화를 내기 시작한 것이다.

혹시라도 기자들의 행태에 질린 수현이 이번에도 국내 활동을 하지 않는 건 아닐지 걱정이 된 것이다.

게다가 얼마 전 중국에서 일어난 수현의 피격 소식에 얼마나 놀랐는지 모른다.

마음 같아서는 직접 중국으로 달려가 수현에게 총을 쏜 범인을 때려죽이고 싶은 심정들이었다.

그나마 며칠 지나지 않아 수현이 자신의 무사함을 보였기에 겨우 안심할 수 있었다.

그 후, 얼마 지나지 않아 로열 가드의 컴백 소식이 전해졌다.

그동안 국외 활동만 해온 로열 가드였다. 몇몇 여유가 있는 팬들만이 외국에 나가 로열 가드의 활동을 지켜보았을 뿐이고, 대부분의 팬들은 그런 팬들이 올린 영상이나 사진을 팬 카페에서 지켜봐야만 했다.

무려 1년여 만이었다. 그랬기에 로열 가드의 국내 활동 재개에 팬들은 열렬하게 환호했다.

하지만 리더인 수현이 빠진 상태로 컴백하게 되었다는 소식이 전해졌을 때는 또 한 번 하늘이 무너지는 기분을 느꼈다.

불과 며칠 사이에 로열 가드의 팬들은 천당과 지옥을 몇 번이나 왔다 갔다 했는지 모른다.

그런데 그런 수현이 국내에 들어왔는데 또다시 기자들이 시비를 걸고 있으니, 이를 두고 볼 팬이 어디 있겠는가.

방금 전, 수현에게 불만을 쏟아내던 기자는 성난 팬들의 기세에 두려움을 느끼고 기자들 속으로 숨어들었다.

"오빠, 기자들은 신경 쓰지 마세요! 저희가 막고 있을 테니 어서 들어가 보세요."

"그래요. 비행기 타고 오시느라 피곤하실 텐데, 어서 가서 쉬세요!"

팬들은 기자들이 수현을 둘러싸며 집요하게 물고 늘어지는 모습에 더 이상 참지 않고 실력행사에 나섰다. 자발적으로 나서서 기자들과 수현의 사이를 가로막은 것이다.

"그럼 부탁 좀 하자."

"네! 저희들에게 맡기세요!"

수현이 빙그레 웃으며 부탁하자 여성 팬들은 마치 임무를 받은 군인처럼 단호하게 대답하고는 기자들을 노려보았다.

그런 팬들의 배려에 수현은 미소를 지어 보이고는 용근과 함께 공항을 빠져나갔다.

그 모습이 언제 찍혔는지 곧 SNS에 '천상의 미소'라는 타이틀로 올라가 순식간에 실검 순위에 들었다. 사진에 눌린 '좋아요' 숫자는 기하급수적으로 늘어났다.

"여기!"

공항에서 빠져나오던 수현과 용근의 귀에 익숙한 목소리가 들렸다.

"아니, 부장님이 직접 오셨어요?"

용근은 자신들을 마중을 나온 전창걸에게 얼른 달려가 인사를 하였다.

"우리 수현이가 귀국을 하는데, 당연히 내가 마중을 나와야지."

전창걸은 가볍게 농담을 던지며 짐을 받았다.

"근데 왜 밖에 계셨어요?"

"복잡한 안보다야 여기가 더 편하지."

많은 의미가 담겨 있는 말이지만, 수현은 용케 그 의미를 알아들었다.

"하긴, 부장님이 안에 계셨다면 이렇게 쉽게 빠져나오지도 못했겠죠."

수현은 원체 기자들에게 무뚝뚝했고, 기자들도 일반 시민인 팬들과 드잡이를 해서 좋을 것이 없기에 순순히 물러섰을 뿐이다.

현재 로열 가드는 수현이 빠진 상태로 컴백을 했다. 그런데 만약 총괄 매니저인 전창걸을 기자들이 발견했다면 쉽게 놔주지 않았을 것이다.

전창걸에게서 어떤 이야기라도 하게 만들어 기삿거리를 만들려 했을 것이다.

그런 기자들의 성향을 잘 알기에 전창걸은 공항 내부 상황을 보고 애당초 밖에서 기다린 것이었다.

"일단 기자들이 나오기 전에 얼른 가자."

"네."

탁.

부웅.

겨우 기자들에게서 탈출했는데, 이렇게 입구에서 머뭇기리다가는 다시 붙잡힐 수도 있기에 수현 일행은 얼른 차를 타고 공항을 빠져나갔다.

"어떻게 할래?"

"네?"

"집으로 먼저 갈까, 아니면 회사로 갈까?"

"어차피 올해는 휴식 차원에서 여행을 가려고 계획을 세웠어요. 당분간 회사에 들를 일이 없을 테니, 사장님께 먼저 인사드리러 회사로 가죠."

사전에 이야기를 나누기는 했지만, 일단 회사에 들러 얼굴을 비추는 것이 도리에 맞을 것 같았다.

"그래, 그럼 그렇게 하자."

중국에 있을 때 수행 매니저 역할만 한 용근은 한국에 귀국을 하자마자 다시 운전대를 잡았다.

"빠르고 안전하게 모시겠습니다."

"빠르게는 무슨, 수현이가 얼마나 귀한 사람인데. 쓸데없는 소리 말고 안전 운전해."

탁!

"악! 부장님, 저 운전 중이에요!"

가벼운 농담에 뒤통수를 얻어맞은 용근은 깜짝 놀라며 엄살을 부렸다.

"아, 미안. 그런데 이 자식은 중국에서 몇 달 있더니 간이 배 밖으로 나왔네?"

"하하, 아닙니다. 귀하신 우리 형님 안전에 위협이 다가와 저도 모르게…… 죄송합니다. 앞으론 안 그럴게요."

용근과 전창걸이 투닥거리는 모습에 수현이 큰 소리로 웃었다.

"하하, 한국에 들어오니 용근이 표정이 이제야 사는구나."

"왜? 중국에선 이놈 어땠는데?"

"어휴, 말도 마세요. 음식 투정에 뭐 그리 원하는 게 많은지. 더 있었으면 아마 병이라도 걸렸을 거예요."

몇 달 만에 귀국한 수현은 달리는 차 안에서 오랜만에 만난 전창걸과 회포를 풀었다.

*   *   *

띵.

엘리베이터가 1층 로비에 멈춰 섰다.

"그래, 그럼 언제부터 출근을 할 건가?"

엘리베이터의 문이 열리며 김재원 전무와 이소진 과장이 내렸다.

"한 달 후면 미국에서의 일이 정리될 것 같습니다. 그때 돌아오겠습니다."

이소진은 작년 이맘때 담당하던 최유진의 스캔들이 터지면서 많은 굴곡을 겪었다. 최유진의 연예계 은퇴 선언과 함께 그녀의 우울증 치료를 목적으로 함께 미국으로 가게 된 것이다.

최유진의 치료에 장시간이 걸릴 것이라 예상해 친한 동생이자 매니저였던 그녀가 곁에서 돌봐주는 게 좋겠다는 판단에서였다.

물론 최유진의 치료가 모두 끝나고 한국으로 돌아올 때

다시 회사의 업무로 복귀하게끔 이야기가 되어 있었다.

놀랍게도 최유진은 1년여 만에 치료를 완료할 수 있었다. 알아보는 이가 별로 없는 미국에서 마음의 안정을 찾자 회복이 빨라진 것이다.

하지만 그와 동시에 문제가 발생했다. 처음 계획과 다르게 최유진이 한국으로 돌아오지 않고 미국에 남기로 한 것이다.

아이들 교육 문제로 그런 결정을 내렸다 말하지만, 그 내면은 달랐다.

한국에서의 안 좋은 기억이 마음속 깊게 남아 있는 탓이었다.

그러다 보니 그녀를 돌보기 위해 함께 미국에 간 이소진의 존재가 공중에 붕 뜨고 말았다.

최유진이야 대주주 겸 사외 이사로 남겠다고 하면 그럴 수 있다.

하지만 이소진은 한국으로 귀국해 업무 복귀를 하든, 아니면 퇴사를 하고 최유진의 곁에 남든가 해야 할 시점에 놓이게 된 것이다.

무엇보다 미국인과 결혼도 하지 않은 그녀가 언제까지고 미국에 있을 수 없는 상황이었다.

이소진은 한참을 고민하다 결국 회사로 복귀할 결심을 하고 한국으로 돌아오게 되었다.

그렇게 김재원 전무와 업무 복귀에 관해 이런저런 이야기를 주고받으며 로비를 지나가던 찰나, 회사 출입구 너머에서 소녀들의 새된 비명 소리가 들려왔다.

그리고 저도 모르게 시선을 돌리던 이소진의 눈에 한 남자가 보였다.

*   *   *

"도착했습니다."

"여기서 내려도 되겠냐? 그냥 지하 주차장으로 가는 것이 낫지 않을까?"

수현의 요청에 용근은 지하 주차장이 아닌 킹덤 엔터의 야외 주차장에 차를 세웠다. 하지만 정문 앞에 모여 있는 팬들의 환호성에 전창걸은 새삼 긴장이 되었다. 혹시 모를 불상사를 걱정하는 것이었다.

"괜찮아요. 저희 팬들은 다른 연예인의 팬들과는 다르잖아요."

수현은 전창걸의 우려에도 불구하고, 거리낌 없이 차에서 내렸다.

"야야, 조심해!"

"괜찮아요."

드르륵, 쿵!

"와아!"

수현이 차에서 내리기 무섭게 팬들이 환호성을 질렀다.

수현은 팬들이 모여 있는 정문으로 걸어가며 손을 흔들어 주었다.

"제가 오는 소식을 들었나요?"

"네! 오빠가 오늘 귀국했다는 소식이 SNS에 올라왔어 요!"

"설마 그래서 여기 와서 절 기다린 것인가요?"

수현은 무척이나 더운 날씨에도 이렇게 나와서 자신을 기다린 팬들의 마음에 고마움과 미안한 마음이 들었다.

"용근아!"

수현은 차에서 짐을 꺼내고 있던 용근을 불렀다.

그런 후, 귓속말로 뭔가를 지시한 수현은 다시 팬들에게 감사 인사를 전했다.

"전 회사에 볼일이 있어 이만 가볼게요. 더운데 여기까지 와줘서 고마워요."

"오빠, 사랑해요!"

"그래, 고마워. 나도 사랑해."

팬들의 사랑 고백에 수현은 손가락 하트를 해보이고는 회사 안으로 들어갔다.

수현이 그렇게 팬들과 짧은 미팅을 마치고 들어간 지 얼마 지나지 않아 팬들이 돌아가려는 순간, 용근과 몇 명의 젊은 남자들이 커다란 박스를 가지고 나타나 무언가를 나눠주었다.

그건 다름 아닌 아이스크림이었다.

더운 날씨에 모여 있던 팬들의 정성이 고마워서 수현이 용근을 시켜 역조공을 한 것이다.

처음 건장한 남성들이 앞을 가로막자 살짝 겁먹은 팬들은 용근은 얼굴을 보고 안도했다.

로열 가드의 팬으로서 자연스럽게 수현의 매니저인 용근도 알게 되었다.

그리고 그의 손에 들린 아이스크림 상자를 보며 어떤 상황인지 깨달은 팬들은 환호성을 질렀다.

아이스크림을 받아 든 팬들은 사진을 찍어 SNS에 올렸다. 이 사실이 인터넷을 통해 전파되면서 공항에서의 미소 사진과 함께 다시 실시간 검색어에 올랐다.

＊　　　＊　　　＊

"어? 소진 누나?"

짧은 팬미팅을 끝내고 회사로 들어서던 수현은 생각지도 못한 이소진의 모습을 확인하고 깜짝 놀랐다.

"허허, 자네도 아무리 이 과장과 친하다고 해도 말이야, 나는 안 보이나?"

이소진의 옆에 있던 김재원 전무가 서운하다는 듯이 말을 걸었다.

"아, 전무님. 죄송합니다. 너무 반가워서…….'

"하하하, 농담이네."

김재원은 너무도 진지하게 받아들이는 수현의 모습에 호탕하게 웃었다.

"난 이만 볼일 끝났으니 가보겠네."

"들어가십시오."

"들어가세요, 전무님."

김재원 전무가 바쁘다는 듯이 사라지자 로비에는 수현과 이소진, 둘만 남게 되었다.

이소진은 어색한 듯 잠시 머뭇거리다 자리를 뜨려 했다.

"나도 이만……."

하지만 수현이 먼저 선수를 쳤다.

"누나, 나 사장님께 귀국 인사만 하고 나올 건데, 잠시만 기다려 줄 수 있어?"

"응? 그래…… 알았어. 30분 정도는 시간을 낼 수 있을 것 같아."

"응. 그럼 얼른 갔다 올게."

"그래. 휴게실에 가 있을 테니, 사장님 뵙고 그곳으로 와."

"알았어. 잠깐만 기다려 줘."

다다다닥.

수현은 빠른 걸음으로 엘리베이터로 향했다.

그런 수현의 뒷모습을 잠시 물끄러미 바라본 이소진은 자신도 모르게 한숨을 쉬었다.

수현이 자신에게 무슨 이야기를 하려는지 잘 알고 있기 때문이다.

하지만 그녀가 수현에게 들려줄 이야기는 결코 희망적인 소식이 아니었다.

킹덤 엔터 3층 휴게실.

스타라이트

이소진은 의자에 앉아 멍하니 창밖을 보았다.

복귀 신청을 위해 1년 만에 들른 회사에서 우연히 수현을 만나 때 아닌 고민거리가 생겼다.

이렇게 휴게실에 마련된 테이블 한쪽에 앉아 수현이 오길 기다리는 중에도 많은 생각이 떠올랐다.

친남매처럼 가깝게 지내다 갑작스런 스캔들로 인해 최유 진을 따라 미국으로 떠났다.

6년 전, 자신이 담당하던 최유진이 영화 복귀 당시 불거 진 안전 문제로 처음 수현을 보았다.

군대를 제대한 지 얼마 되지 않아서인지 짧은 머리에 살 짝 햇볕에 그을린 피부, 건장한 그의 모습에 살짝 가슴이 두근거렸다.

한참이나 어린 수현에게 마음이 흔들린 것을 숨기기 위해 더욱 사무적으로 대했다.

하지만 천성이 착한 수현은 그런 자신에게 싫은 내색 한 번 보이지 않고 언제나 예의 바르게 대했다.

무엇보다 당대 톱스타인 최유진을 가까이서 보면서도 전 혀 흔들리는 모습을 보이지 않았다. 아니, 최유진은 원래 좋아하던 우상이라 그럴 수도 있다 해도 스케줄을 따라다니 며 만나는 젊고 아름다운 미녀 스타들을 보면서도 아무런 내색을 하지 않았다.

그 굳건한 모습에 이소진은 수현에게 더욱 심장이 두근거렸다.

하지만 운명의 장난인지, 자신은 끝내 마음을 펼쳐 보일 수가 없었다.

우연히 목격하게 된 그 장면은 평생 자신이 숨겨야 할 비밀이 되었다.

만약에라도 그 사실을 발설하게 된다면, 자신이 좋아하는 두 사람의 인생을 망칠 수도 있기 때문이다.

어쩔 수 없이 두 사람의 비밀을 지켜주면서 이소진은 우울증을 앓았다.

담당하던 최유진의 증상이 워낙 컸기에 상대적으로 이소진의 증상은 크게 대두되지 않았을 뿐이다.

그 사실을 알게 된 것도 최근이었다. 최유진이 우울증 치료를 하는 과정에서 자신도 우울증을 겪고 있음을 알게 되었다.

다행히 증상은 그리 심하지 않아 금방 치료를 할 수 있었다.

치료를 받던 중 또 다른 비밀을 알게 되었다.

최유진이 새로운 사랑에 빠졌다는 것이다. 최유진은 근본

적으로 외로움을 많이 타는 성향이고, 그럴 때마다 남자에게 의지를 하는 편이다.

외향적이고 활동적인 모습의 최유진이 사실은 그와 반대되는 성격이란 의사의 소견에 처음에는 믿을 수가 없었다.

하지만 계속해서 상담을 지켜본 결과, 최유진의 본래 성향이 연예계 생활을 하면서 묻힌 것이었다는 것을 인정할 수밖에 없었다.

그 이야기를 들은 이소진이 뒤늦게 기억을 되짚어보니, 짚이는 구석이 많았다.

최유진이 연예계에서 활동을 할 때는 킹덤 엔터의 사장인 이재명이 전반적으로 관여를 했다.

그랬기에 최유진은 이재명 사장을 믿고 의지했을 것이다.

그게 끝이 아니라 그녀의 갑작스러웠던 결혼만 봐도 알 수 있다.

한창 주가 상승 중인 스포츠 스타 성정국과 덜컥 결혼 발표를 한 것이다.

당시 성정국이 유명한 스포츠 스타이긴 했지만, 최유진의 이름값은 더욱 대단했다. 게다가 당시 성정국은 플레이보이로 유명했다.

때문에 당시 두 사람의 결혼 반대 서명운동까지 벌어지기도 했지만, 최유진 본인이 그를 사랑한다고 방송에서 떠들어 대니 팬들도 어쩔 수 없이 두 사람의 결혼을 축복해 주었다.

다만, 성정국의 플레이보이 기질 때문에 최유진이 마음고생을 할 것이라 이야기는 여전히 나돌았다.

실제로도 그 말이 맞았다.

성정국은 최유진과 결혼한 뒤로도 다른 여성과 부적절한 관계를 가졌고, 이를 최유진에게 들키기도 했다.

그때마다 자식들 때문에 용서하고 참아왔지만, 종내에는 그것이 최유진을 병들게 하였다.

결정적으로 성정국은 자신의 잘못된 행동을 고칠 생각도 않고 최유진에게 당당하게 이혼을 요구했다.

자식 때문에 수없이 많은 외도에도 참고 살았는데, 그렇게 뒤통수를 맞게 되자 최유진은 심하게 흔들렸다. 그러다 술이란 매개체로 인해 억눌러 온 욕망이 터졌다.

마침 경호원을 그만두고 모델로 활동을 하던 수현과 그만 동침을 하고 만 것이다.

그 뒤로 최유진은 성정국에게 얽매여 있던 감정을 수현에게로 옮겨갔다.

이혼 문제로 전전긍긍하던 최유진은 언제 그랬냐는 듯 그 날 이후 바로 이혼에 합의를 했다.

그러고는 수현에게 집중을 하기 시작했다.

사비를 들여가면서까지 수현을 톱급 연예인으로 만들기 위한 지원을 아끼지 않았다.

연예인에 관해 부정적으로 생각하는 수현을 설득하기도 하고, 또 단기간에 스타로 만들기 위해 여러 가지 도움을 주기도 했다.

격이 맞지 않는 예능에 출연을 하거나, 오래전 그만둔 음악 프로그램에 출연도 하는 등 수현을 스타로 만드는 것에 집착하는 모습을 보였다.

하지만 당시 이소진은 그런 최유진의 모습을 그리 이상하게 생각하지 않았다.

그 일은 술 때문에, 술에 취해 벌어진 사고일 뿐이었다. 또 수현을 스타로 만들기 위해 적극적으로 행동을 하는 최유진의 모습이 조금 과하긴 했지만, 스타가 되기 위한 조건을 갖추고 있는 수현이 연예계에 그리 적극적이지 않는 것을 안타깝게 생각하던 이소진이기에 오히려 동조를 하던 시기였다.

그랬기에 당시에는 그 모든 행동들이 이상하게 보이지 않았다.

그렇지만 지금에 와서 생각해 보면, 참으로 이상한 행동이었다. 그런 사실을 깨닫지 못했다는 것은, 아마도 본인도 우울증의 영향을 받았을 것이라 추측해 본다.

"…누나."

창밖을 보며 생각에 잠겨 있던 이소진은 갑자기 귓가에 들려오는 소리에 고개를 돌렸다.

"누나, 무슨 생각을 그리 깊게 하기에 불러도 모르고 있어요?"

언제 왔는지 이소진은 자신의 앞에 앉아 있는 수현을 보고 놀랐다.

"어? 언제 왔어?"

"헐, 이 누나 보게? 1년 전 유진 누나랑 떠날 때만 해도 날 두고 떠나는 것이 안타까워 애절한 눈빛으로 보더니, 설마 미국에서 애인이라도 생긴 거야? 그래서 애인 생각하느라 내가 온 줄도 모르고……."

수현은 오랜만에 이소진을 만나 무척이나 반가웠다.

아울러 그녀와 함께 미국으로 떠난 최유진의 소식이 궁금하기도 했고.

그래서 이재명 사장을 만나 간단하게 자신의 휴가 계획을 이야기하고 급하게 내려온 것이었다.

한데 무언가 심각한 고민이 있는 것인지, 이소진의 표정이 굳어 있었다. 그래서 일부러 긴장도 풀 겸 농담을 하였다.

함께 일하면서부터 친남매처럼 가까운 사이가 된 두 사람이기에 할 수 있는 장난이었다.

"그렇지 않아도 사장님이 결혼 안 하냐고 물으시던데, 너까지 그러니."

무슨 이유로 그런 질문을 한 것인지 알아차린 이소진은 수현의 장난을 받아주었다.

오늘 복귀 신청을 하는 자리에서 이재명 사장이 그런 질문을 했다.

그리고 보니 자신도 벌써 30대 후반에 접어들었다.

톱스타 최유진을 담당하면서 연애 한 번 제대로 하지 못했기에 이재명 사장이 농담 반, 진담 반으로 물어본 것인데, 수현마저 비슷한 말을 하자 살짝 가슴이 아려왔다.

"그러는 너는 누구 없어?"

농담을 받아 넘기기 위해 꺼낸 말이지만, 그 말을 들은 수현의 표정이 살짝 굳었다.

그 순간, 이소진은 속으로 아차 싶었다.

수현이 최유진에게 어떤 마음을 가지고 있는지 빤히 알고 있으면서 잠시 깜빡했다.

"이제 인기도 최절정인 대한민국 최고의 미남에게 대시하는 여자도 많을 텐데, 요즘 만나는 사람 없어?"

실수한 것은 실수한 것이고, 그것을 감추기 위해선 그냥 밀고 나가야 했다.

괜히 여기서 사과를 하게 되면 분위기만 더욱 이상해질 것이기 때문이다.

"나야 뭐, 그럴 시간이 있나. 여기서 활동을 하지는 않았지만, 중국에서 어제까지 드라마 촬영을 하느라 바빴어."

"그래? 그러고 보니…… 너, 큰 사고 있었다면서? 어때?"

주어가 빠지기는 했지만, 이소진의 질문이 무엇인지 알아들은 수현은 씁쓸한 미소를 지었다.

"뭐, 우리나라도 그렇지만, 중국도 미친놈들이 많더라고."

수현은 자신에게 총을 쏜 왕푸첸을 떠올리며 인상을 찌푸렸다.

욕망을 해결하기 위해 범죄조차 스스럼없이 저지르는 왕

푸첸의 행동은 도저히 정상이라고 받아들일 수 없었다.

결국 그는 자신의 잘못된 행동을 바로잡지 못하고 그 죗값을 받았다.

입맛이 좋지 못한 결말이지만, 구태여 그런 내용을 이소진에게까지 알릴 필요는 없었다.

"다행히 다 나았어."

"그래, 다행이다. 난 뉴스에서 네 소식을 듣고 얼마나 놀랐는지 몰라."

"응?"

미국에 있었을 이소진이 자신의 사고 소식을 알고 있다는 말에 수현은 고개를 갸웃거렸다.

"넌 모르겠지만, 미국에서도 네 소식이 엄청 크게 다뤄졌거든."

"그래? 미국은 자국 내에서도 그런 사고 많이 터지지 않아?"

"중국이 총기 소지 국가도 아니고, 게다가 넌 외국인이었잖아. 그래서 더 크게 이슈가 됐어."

수현에게 미국하면 떠오르는 것은 할리우드나 빌보드 외에도 심심하면 터지는 총격 사건에 대한 사건 사고다.

사실 최유진이 아이들을 데리고 미국으로 떠나는 문제로

당시에도 많은 이야기를 나눴다.

그때 수현이 가장 걱정한 부분이 바로 총기 오발 사고와 종종 터지는 총기 난사 사건이었다.

다른 것이야 어찌어찌 조심을 한다고 하지만, 불특정 다수를 노리는 총기 난사만은 그들이 어떻게 할 수 있는 문제가 아닌 것이다.

그 때문에 최유진 역시 이민을 결심한 뒤에도 한참을 고민했다.

하지만 당장 벌어지고 있는 사람들의 따가운 시선과 자신들을 호도하는 언론, 그리고 그에 편승한 안티 팬들의 공격이 더 큰 두려움으로 다가왔기에 어쩔 수 없이 결정을 내릴 수밖에 없었다.

"종종 그런 일이 벌어지기는 하지만, 생각보다 위험하진 않아."

이소진은 1년여를 미국에서 생활하다 보니 이전에 뉴스로 접한 미국의 사건 사고가 그렇게 흔한 일은 아니란 것을 알게 되었다.

오히려 한국에 남은 지인들이 걱정되었다.

그도 그럴 것이, 미국에서 접할 수 있는 한국 뉴스라고는 북한과 관련된 핵미사일 이야기뿐이었다.

더욱이 미국인들이 바라보는 북한은 정상적인 국가가 아니었다.

원칙 없는 깡패 국가, 그 이상도 이하도 아니다.

자국민을 착취하고 주변국을 핵무기로 위협하는 나라를 어떻게 정상적인 국가, 정부로 인정을 할 수 있겠는가.

초강대국 미국을 상대로도 거침없이 협박을 하는 지구촌 유일의 나라가 바로 북한이기에 미국인들은 의외로 북한에 대해 두려움을 가지고 있었다.

그러다 보니 관련 뉴스도 하나같이 전쟁에 관한 이야기뿐이었다.

"하하, 누나도 1년 동안 미국에서 살다 오더니 미국 사람 다 됐네."

이야기를 나누는 동안 수현은 과연 자신이 알던 사람이 맞나 싶을 정도로 이수진의 마인드가 바뀐 것을 느끼며 새삼 놀랐다.

"응? 그게 무슨……."

뭔가 말을 하려던 이소진은 잠시 수현의 얼굴을 쳐다보았다.

무언가 망설이는 수진의 모습에 수현은 자신도 모르게 긴장했다.

"뭔데? 그냥 이야기해."

수현은 불안한 예감에 그녀를 재촉했다.

"하, 그래… 얘기해야겠지. 수현아… 너, 내가 하는 말 오해하지 말고 들어."

이소진은 한숨을 쉬며 굳은 표정으로 어렵사리 입을 열었다.

한참 동안 이어진 그녀의 이야기에 수현의 표정이 하얗게 질렸다.

그리고 마침내 이소진에게서 폭탄과도 같은 한마디가 흘러나왔다.

"유진 언니, 곧 결혼해."

"뭐? 그게 무슨 소리야?!"

수현은 자신도 모르게 소리를 지르고 말았다.

다행히 주변에는 아무도 없었다. 휴게실 한쪽에 마련된 카페 부스의 바리스타만이 무슨 일인가 살짝 관심을 보이다 말 뿐이었다.

"누나, 그게 무슨 말이야? 유진 누나가 결혼한다고? 누구랑?"

수현은 도저히 믿을 수가 없었다.

최유진과 이소진이 미국으로 간 것은 겨우 1년 전이다.

그것도 여행을 간 것도 아니고, 우울증 치료를 목적으로 떠난 것이다.

더욱이 최유진에게는 두 명의 어린 자녀도 있다.

그들을 돌보면서 우울증 치료까지 해야 하는 최유진이 언제, 어떻게 시간을 내서 이성을 만난단 말인가.

더욱이 자신과의 관계가 아직 마무리되지도 않은 상태에서 그럴 수 있다는 것이 상식적으로 이해가 가지 않았다.

"상대는 유진 언니의 주치의야."

"주치의?"

"그래."

수현은 결혼 상대가 치료를 전담하던 의사라는 소리에 다시 한 번 놀랐다. 하지만 곧 수긍할 수밖에 없었다. 평소에도 자주 얼굴을 맞대며 이야기를 들어주는 상대이니 의지하면서 자연스럽게 감정이 생겨났으리라.

"좋은 분이야. 나이는 좀 많지만, 자상하고 유진 언니를 정말 많이 존중해 줘."

"음……."

머리로는 이해하지만, 납득하기는 어려웠다.

수현은 이소진이 말이 하나도 귀에 들어오지 않았다.

그저 머릿속이 마치 꼬여 버린 실타래마냥 뒤엉켜 정리가 되지 않아 답답할 뿐이다.

"아이들도 그분을 새 아빠로 인정을 했어."

"그래, 그렇구나……."

다시 현실로 돌아온 수현은 작게 중얼거렸다.

그렇게나 자신을 잘 따르던 아이들이었다. 그렇기에 한때는 최유진의 옆자리를 노리기도 했다.

비록 나이 차이는 많이 나지만, 요즘 세상에 그런 것이 뭐가 문제란 말인가. 더욱이 부모님도 자신의 선택을 존중하겠다고 했다. 그래서 떠나는 날까지 최유진을 배웅하면서 붙잡고 이야기를 했다.

비록 그녀와 결혼을 하면 많은 걸 잃을 수도 있다고 생각했지만, 그녀가 좋았기에, 사랑하기에 감내할 수 있었다.

하지만 최유진은 세간의 비판을 두려워해 도망치듯 미국으로 떠났다.

그리고 1년여 만에 들은 그녀의 소식은 수현이 전혀 생각지도 못한, 최악의 형태로 다가왔다.

그곳에서 짝을 만나 안정을 찾은 것이다.

자신이 아닌 다른 남자에게서 말이다.

"언제 결혼식이야?"

"응? 뭐라고?"

이소진은 순간 당황했다. 결혼 소식을 듣게 되면 수현이 큰 충격을 받을 거라 생각했다. 그러나 예상 외로 수현은 담담해 보였다.

"유진 누나 결혼식이 언제야? 왜? 그것도 비밀이야?"

"…괜찮아?"

"응. 안 괜찮을 것이 뭐가 있다고…….""

애써 태연하게 말을 꺼내는 수현이지만, 떨리는 목소리는 이미 그가 흔들리고 있다는 것을 말해주었다.

"힘들면 다음에 이야기하고."

10여 년간 톱스타의 매니저로 일을 해온 그녀다.

지금 수현의 심정이 어떤지 훤히 보였다.

"아니야. 조금 뜻밖이긴 하지만 괜찮아. 언제야? 부탁이야. 말해줘."

수현은 쓰린 마음을 애써 다잡으며 재차 물었다.

비록 자신의 바람과는 다른 결과이지만, 그녀를 행복을 위해 그녀의 선택을 받아들이겠다고 마음먹었다.

그렇다면 지금까지의 인연을 생각해서라도 그녀의 새 출발에 축하를 해주는 게 마땅한 도리라고 생각했다.

"앞으로 보름 뒤에 지인들만 불러 조촐하게 치르기로

했어."

"아……."

수현은 짧은 탄성을 지르며 고개를 숙였다.

참고 있던 눈물이 흘러내릴 것만 같았다.

비록 눈물을 보이지는 않지만, 이소진은 지금 수현이 슬 피 울고 있다는 것을 느낄 수 있었다.

남자는 가슴으로 운다고 했던가.

이소진은 그게 무슨 말인지 지금 이 순간 알 수 있었 다.

슬퍼하는 수현의 모습에 이소진은 가슴이 아려왔다.

한때 사랑의 감정을 느꼈지만, 그가 다른 사람을 바라보 고 있는 것을 알게 되어 자신의 감정을 숨겼다.

두 사람의 관계를 옆에서 지켜보면서도 참 많이 힘들었 다.

하지만 연기자들 못지않게 자신의 감정을 숨기는 데 능숙 한 것이 바로 연예인의 매니저다.

담당하는 연예인을 스타로 만들기 위해 간과 쓸개를 모두 집에 두고, 속없는 사람이 되어야 하는 것이 바로 매니저의 기본 자세이기 때문이다.

"유진 언니 결혼하고 나면 나도 돌아와 복귀를 할 거야."

이소진은 수현이 힘들어하는 모습을 더 이상 보기 싫어 다른 이야기를 꺼냈다.

"와보니 상황이 많이 바뀌긴 했지만… 뭐, 어때."

어깨가 축 처져 있는 수현을 감싸며 이소진은 다부지게 말했다.

"그땐 너도 나 많이 도와줘야 한다? 알았지?"

마치 벽을 향해 떠들 듯 아무 대답도 돌아오지 않지만, 이소진은 전혀 굴하지 않고 꿋꿋하게 이야기를 이어 나갔 다.

Chapter 3

최유진의 재혼

봄처럼 따뜻한 9월의 샌프란시스코.

끝없이 이어진 지평선을 배경으로 아름다운 해변에서는 결혼식 준비가 한창이었다.

꽃으로 장식된 테이블과 수수한 옷을 입은 신부 들러리들, 그리고 어여쁜 화동들과 어우러져 즐거운 음악이 끊임 없이 흘러나왔다.

그런 아름답고 즐거운 모습과는 동떨어진 남자가 있었다. 마냥 심각한 표정을 짓고 있는 것은 아니었다.

누군가 말을 걸면 밝게 미소를 지으며 응대해 주지만, 돌아서면 언제 그랬냐는 듯 표정을 지웠다.

"수현아, 여기서 뭐 하고 있어?"

하얀 드레스를 예쁘게 차려입은 이소진이 혼자 떨어져 있는 수현에게 다가와 물었다.

오늘은 최유진의 결혼식 날이었다.

우울증 치료를 하겠다며 연예계를 은퇴하고 떠난 그녀가 불과 1년여 만에 결혼을 한다는 소식을 전해왔다.

아니, 소식을 전한 것은 그녀가 아니라 킹덤 엔터에서 우연히 만난 이소진이다.

사실 이소진은 업무 복귀 신청에 대한 보고뿐만 아니라, 이재명 사장에게 최유진의 결혼 소식을 전하기 위해 킹덤 엔터를 찾았다.

이재명 사장은 최유진이 아시아 최고의 스타 자리에 오르기까지 물심양면으로 그녀를 받쳐 준 사람이다. 때로는 아버지처럼 엄격하게, 때로는 오빠처럼 다정하게. 최유진이 새 출발을 하는 입장에서 당연히 빼놓을 수 없는 존재인 것이다.

이소진은 수현을 만나게 된 것은 그야말로 우연이었다.

물론 수현을 만나 반갑긴 하지만, 때가 좋지 못했다.

수현과 최유진이 어떤 사이인지 가장 가까이에서 봐온 이소진이기에 무슨 말을 해야 할지 망설일 수밖에 없었다.

자신의 말이 수현에게는 더없이 잔인한 비수가 될 수도 있기에.

수현이 최유진의 소식을 물어오자, 이소진은 올 게 왔구나 하는 심정이었다. 여기서 괜히 사실을 숨겼다가는 더 큰 상처를 주게 될지도 몰랐다.

결국 이소진은 모든 사실을 털어놓을 수밖에 없었다.

수현은 사실 최유진의 결혼 소식을 듣고 많이 망설였다.

중국에서의 총격 사건과 관련해 휴식이 필요하다는 판단 하에 올해 남은 기간 동안 여행을 다녀올 계획이었다. 그 속에는 미국에서 우울증을 치료 중인 최유진을 만나러 가는 것도 있었다.

당연한 말이지만, 그 계획 속에는 최유진의 결혼식 참석 같은 건 절대 들어 있지 않았다.

모르고 있었다면야 어쩔 수 없는 일이겠지만, 이미 이소진으로부터 소식을 들었는데 결혼식에 불참할 수는 없었다.

수현으로서는 최유진의 결혼을 마냥 축하해 줄 수 있는 입장이 아니지만.

어려서는 톱스타인 그녀를 동경했고, 재대한 후 우연한 기회로 그녀의 경호원이 되었을 때는 우상을 곁에서 지킨다는 사명감에 최선을 다했다.

그러다 술에 취해 최유진과 깊은 관계를 맺게 되었다.

비록 나이 차이는 많이 났지만, 수현에게 그것은 아무런 문제도 되지 않았다.

그런 감정이 일방적인 것도 아니었다.

사고에 가까운 일이지만, 관계를 맺고 난 뒤 최유진도 자신을 남자로 보고 있다는 것을 느꼈다.

일말의 의심도 없이 그녀에게 빠져들었고, 그녀의 옆에 나란히 서기 위해 최선을 다했다.

그 과정에서 수현은 최고의 아이돌이 되었고, 또 연기에서도 좋은 결과를 맺어 톱스타의 반열에 올랐다.

하지만 호사다마라고 했던가.

승승장구하던 수현의 앞에 장애물이 놓였다.

바로 스캔들 기사였다.

다른 사람도 아니고, 자신이 원해 마지않는 최유진과의 스캔들이다.

처음 스캔들 기사를 접했을 때는 심장이 내려앉는 기분이었다.

하지만 추측성 가십에 가까운 내용이라 크게 개의치 않았다.

어차피 가십 기사는 금방 사람들의 관심에서 멀어지고,

다른 가십에 묻힐 것이라 생각했기 때문에 적극적인 대응을 하지 않은 것이다.

그런데 별거 아닌 가십으로 끝날 수도 있던 스캔들이 엉뚱한 방향으로 흐르게 되었다.

사람들의 관심사를 정치권에서 떨어트려 놓으려는 세력에게 수현의 스캔들은 좋은 먹잇감이 되었다.

그 과정에서 최유진의 건강에 문제가 발생하였다.

전남편인 성정국과 이혼 과정에서 겪은 우울증이 심각하게 재발할 것이다.

스캔들에 따른 대중의 비판도 충격적이지만, 여배우에게 우울증은 무척이나 심각한 병이다.

그로 인해 최유진은 한순간 잘못된 선택을 내리기도 하였지만, 미리 눈치챈 수현 덕분에 위기를 넘길 수 있었다.

이후, 이재명 사장에 의해 최유진은 연예계에서 은퇴하고 우울증 치료를 위해 미국으로 떠났다.

스캔들의 중심에서 힘들어하는 그녀를 도피시킨 것이다.

이재명 사장의 선택은 지금에 와서 결과를 보면 최선은 아니지만, 차선은 되는 결과를 가져왔다.

그렇지만 그 결과가 모든 사람을 만족시킨 것은 아니다.

수현에게는 차선이 아닌 최악의 결과가 되었다.

수현이 바란 최선은 미국에서 우울증 치료를 마친 그녀와 해피엔딩을 맞이하는 것이었다.

시간이 흐르면 그녀와의 스캔들에 목매던 안티들도 다른 곳으로 관심을 돌릴 것이고, 자신과 최유진 간의 스캔들이 잠잠해졌을 때 결혼을 하는 것이 수현이 계획한 미래였다.

비록 약속은 하지 않았지만, 수현은 최유진 또한 같은 마음일 거라 믿고 있었다.

그만큼 수현은 최유진을 좋아하고, 또 사랑했다.

하지만 그녀가 미국으로 떠난 지 1년여 만에 자신이 아닌 다른 남자를 만나 사랑에 빠져 결혼을 하게 될 줄은 정말로 상상도 못했다.

처음 이소진에게 결혼 소식을 들었을 당시에는 배신감마저 들었다.

무소식이 희소식이라 믿고 기다렸는데, 한순간에 뒤통수를 맞은 것 같기도 해 수현은 한동안 정신을 차릴 수가 없었다.

그래서 바로 최유진에게 축하 메시지를 보내지 못하기도 했다.

하지만 그 모든 것이 자신 혼자만의 생각이고, 계획이었다는 것을 뒤늦게 깨달았다.

미국으로 떠나던 날, 최유진은 공항에서 자신의 질문에 답을 하지 않았다.

그저 수현 혼자 추측하고 계획했을 뿐이다.

미국으로 떠난 최유진이 치료 과정에서 어떤 마음의 변화를 겪었는지 알 수는 없지만, 일단 결혼을 결심했다면 그녀의 결정을 존중해 줘야 한다는 판단을 하게 되었다.

어차피 이재명 사장은 결혼식에 참석할 것이고, 이소진도 자신을 만났다는 이야기를 그녀에게 할 것이다.

비록 마음은 여전히 쓰리지만 이미 소식을 접하고도 모르는 척 참석하지 않는 것도 이상한 일이다.

그래서 지금 수현은 최유진의 결혼식에 참석하고 있는 중이었다.

웃고 떠드는 사람들 속에서 함께 자리를 하고 있지만, 수현의 눈에는 다른 사람들의 모습이 전혀 들어오지 않았다.

하얀 웨딩드레스를 입고 하객들을 맞아 밝게 웃는 최유진의 얼굴만이 수현의 두 눈 가득 들어왔다.

그녀가 웃을 때마다 함께한 지난 기억이 떠올라 숨이 막혔다.

그녀의 곁에 서 있는, 잘 정돈된 머리와 턱시도가 잘 어울리는 장년인을 볼 때면 가슴이 아렸다.

하지만 수현은 그럼에도 시선을 돌리지 않고, 마치 머릿속에 영원히 박아 넣기라도 할 듯이 눈을 떼지 않았다.

"수현아, 정수현!"

한참이나 멍하니 신랑신부를 지켜보던 수현을 이소진이 불렀다.

하지만 수현은 그 소리를 듣지 못한 듯했다.

"정수현, 정신 차려. 누가 보기라도 하면 어쩌려고 그래?"

친한 사람들만 초대를 한 결혼식이지만, 한때 아시아를 호령하던 최유진의 재혼이다.

비록 지금은 은퇴를 한 상황이지만, 최유진에 대한 팬들의 관심이 완전히 식은 것은 아니다.

그리고 결혼식에 초대를 받아 온 사람들의 면면을 보고 기자가 따라붙었을지도 모를 일이다.

실제로도 결혼식장 입구까지 몇 명의 기자가 찾아오기도 했다.

다만, 결혼식이 벌어지는 장소가 사유지이기에 초대를 받지 못한 사람은 안으로 들어올 수 없었다.

"응? 뭐라고 했어?"

수현은 뒤늦게 이소진이 자신을 불렀다는 것을 깨달았다.

"하아, 네 충격이 클 것이라는 것은 나도 잘 아는데……
힘들면 그만 돌아가도 돼."

"아니야. 유진 누나가 새 출발을 하는 날인데, 내가 그냥
갈 수는 없지."

수현은 애써 정신을 다잡으며 경직된 표정을 풀었다.

하지만 그 모습을 지켜보는 이소진은 더욱 애잔할 뿐이었
다.

누가 봐도 무리하고 있다는 것이 절절히 느껴지기에.

"너도 이제 그만 유진 언니 잊고, 좋은 사람 만나."

결혼 축하를 위해 최유진에게 걸어가는 수현의 뒷모습을
보며 이소진은 작게 중얼거렸다.

한때 자신의 가슴에 품은 남자다.

연하라고는 하지만, 수현은 누가 봐도 매력적인 남자다.

헌칠한 키에 잘생긴 외모, 부드러운 목소리.

그렇다고 성격이 안 좋은 것도 아니고, 일부 마니아들이
선호하는 못된 남자 스타일도 아니다.

여성을 배려할 줄 알고, 내 여자를 아낄 줄 아는 남자가
수현이었다.

자신이 그 대상이 된다면 얼마나 좋을까 하는 생각이 들
기도 했지만, 수현이 가슴에 품은 사람이 최고의 스타 최유

진이란 것을 알고 포기했다.

이제 최유진이 재혼을 함으로써 강력한 경쟁자가 떨어져 나갔다고 생각할 수도 있겠지만, 이소진은 더 이상 욕심을 부리지 않았다.

수현과 오래 알고 지낸 것은 아니지만, 그래도 2년을 함께했다.

수현이 연예계 데뷔를 한 뒤에도 같은 소속사로서 마주했다.

또 최유진과 가깝게 지낸 수현이기에 얼굴도 자주 보았다.

그랬기에 이소진은 수현에 대해 잘 알았다.

마음에 품은 연인이 떠났다고 해서 바로 다른 인연을 찾는 사람이 아니란 것을.

그렇기에 수현이 얼른 최유진을 잊을 수 있기를, 또 좋은 사람을 만나 행복한 연애를 하기를 기원했다.

*   *   *

최유진은 40대에 접어들었지만 그래도 아시아의 여왕이라 불릴 정도로 아름다운 톱 여배우였다.

풍성하게 웨이브 진 머리 위로 백금과 다이아로 장식된 티아라를 쓰고, 가늘고 하얀 목에는 귀걸이와 한 세트인 다이아 목걸이가 그녀의 아름다움을 더욱 빛내주고 있었다.

하지만 그런 아름다운 보석도 밝게 웃고 있는 최유진의 미소보다 더 밝지는 못했다.

"아빠는 정말이지, 전생에 나라를 구한 영웅이셨나 봅니다."

미쉘 권은 입이 찢어질 듯 미소를 감추지 못하는 아버지를 보며 놀려 댔다.

"하하하!"

딸의 장난에도 제임스 권은 그저 호탕하게 웃을 뿐이다.

재미교포 2세인 제임스 권은 올해로 54세의 정신과 의사다.

존스 홉킨스 의대를 나와 동료 의사였던 동창과 결혼하여 1남 1녀의 자녀를 가졌다.

하지만 부인은 10여 년 전의 교통사고로 생을 달리했다.

그 후, 한참 동안 부인의 빈자리를 그리워하며 마치 빈 껍데기마냥 살아왔다.

보다 못한 주변에서 재혼을 하라고 제안하고, 자식들도 좋은 사람을 찾으라고 권유했지만, 그는 긴 세월을 죽지 못해 버티는 것처럼 홀로 지내왔다.

하지만 작년, 우울증 치료를 위해 병원을 찾은 최유진을 보고 그만 한눈에 반하고 말았다.

사랑하던 아내를 교통사고로 잃은 그는 문을 열고 들어서는 최유진을 보고 깜짝 놀랐다.

그가 최유진을 보고 반한 데는 다른 이유가 있는 게 아니었다.

죽은 아내의 젊은 시절 모습이 최유진의 얼굴 위로 겹쳐 보였기 때문이다. 죽은 아내가 살아 돌아온 것만 같은 느낌을 받았다.

하지만 상담을 하면서 최유진은 자신이 사랑하던 아내가 아니란 것을 금방 깨달았다.

자신의 아내와 비슷한 듯하면서도 전혀 다른 최유진을 보면서 제임스 권은 갈등했다. 의사라는 직업 윤리상 환자와의 연애는 옳지 못하기 때문이다.

하지만 최유진을 상담하면서 제임스는 점점 그녀에게 끌리는 자신을 어쩌지 못했다.

아름답고 도도해 보이는 외모와 달리 그녀가 많이 여린 여인이란 것을 알게 되며 보호해 주고 싶다는 마음을 갖게 되었다.

상담이 진행될수록 두 사람은 나이를 떠나 정신적으로 무척이나 가까워졌다.

사실 제임스 권은 자신의 나이 때문에 최유진에게 다가가는 것이 조심스러웠다.

만약 최유진이 자신처럼 미국에서 자란 사람이라면 크게 상관이 없었겠지만, 최유진은 한국에서 나고 자란 여성이었다.

한국인의 정서에 대해서도 잘 알고 있던 제임스 권은 그렇기에 청혼을 하기까지 한참을 망설였다.

하지만 시간이 흐르면서 도저히 자신의 마음을 주체할 수 없게 된 그는 마침내 용기를 내서 고백했다.

최유진의 우울증 치료가 끝나는 날, 더 이상 그녀를 볼 수 없다는 생각에 없던 용기를 쥐어짜 낸 그는 어렵사리 청혼을 했고, 최유진은 기쁘게 받아들였다.

원래 최유진은 치료가 끝나면 한국으로 돌아갈 생각이었지만, 제임스 권의 청혼을 받아들이면서 계획을 수정하였다.

이소진을 통해 자신을 키워준 이재명 사장에게 결혼 소식을 알리고, 킹덤 엔터의 이사직을 반납하여 대주주로만 남기로 한 것이다.

많은 망설임 끝에 고백해 이루어진 결혼이라 지금 제임스 권은 천하를 다 얻은 것만 같은 기분이었다. 딸이 자신을 놀리는 이야기에도 그저 하하, 웃을 뿐이었다.

지금 기분 같아서는 무슨 일이 벌어져도 그저 웃을 것만 같았다.

"누나!"

그때, 갑자기 들려온 남성의 목소리에 제임스 권은 고개를 돌려 옆자리를 쳐다보았다.

그곳에는 잘생긴 젊은 청년이 서 있었다.

'누구지?'

제임스 권은 자신의 아내가 된 최유진을 친근하게 부르는 남자를 불안하게 쳐다보았다.

최유진은 결혼식에 참석해 준 지인들을 밝게 웃으며 맞이했다.

비록 초혼이 아닌 재혼이지만, 많은 지인들은 자신의 행복을 축하해 주었다.

최유진은 밝게 인사를 하면서도 자신도 모르게 주변을 살폈다.

혹시나 수현이 오지는 않을까 하는 생각에 둘러본 것이다.

'하, 재혼까지 했으면서 내가 왜 이러지?'

스스로의 행동에 자책하면서도 최유진은 어쩔 수 없었다.

수현을 생각하면 자신이 참으로 나쁜 여자란 생각이 들었다.

열 살이나 어린 수현을 생각하면 아직도 심장이 두근거리면서도 한편으로는 미안한 마음이 가득했다.

우울증 치료를 받으면서 과거 수현에게 느낀 감정이 사랑이 아니었음을 깨달았다. 그저 힘든 상황에서 의지하고 싶은 사람을 찾으려는 본능. 결코 바람직하지 못한 감정이었음을 인정하면서 우울증에서 벗어날 수 있었다.

물론, 그러기까지 많은 어려움이 있었다.

그 사실을 인정하게 된다면, 자신의 삶과 감정을 부정해야 하기 때문이다.

하지만 우울증 치료를 위해선 자신을 똑바로 바라봐야 한다는 제임스의 충고에 최유진은 자신의 결혼과 이혼 과정을 되짚어보았다.

그러고 나서 최유진은 깨닫게 되었다.

자신이 얼마나 타인에게 의존적인 존재인지 말이다.

전남편의 외도와 주변에서 쏟아지는 부정적인 감정으로 인해 쌓인 스트레스가 자신을 망가트렸다.

그러면서 가까이서 자신을 지켜주던 수현이 믿을 수 있는 존재란 것을 본능적으로 깨닫고 의지하게 되었다.

그 과정에서 술이라는 매개체가 두 사람을 육체적으로 묶었다.

물론, 이것은 이제 남편이 된 제임스 권에게 들은 이야기다.

마음을 가라앉히고 차분히 되짚어보니 그런 것도 같았다.

연예인이란 특수한 직업 때문이라고는 하지만, 수현과 만날 때는 언제나 비슷한 상황이었다.

아무도 모르게, 은밀하게, 또 만남이 타인에게 들켰을 때는 변명하기 좋은 장소에서 함께 만났다.

비록 이제는 그것이 사랑이 아니었다는 것을 깨달았지만, 그래도 한때는 가슴이 떨릴 정도로 관계를 맺은 수현인지라 더는 볼 수 없다는 사실에 가슴이 아팠다.

그런데 그 마음이 간절해서 환청이 들린 것인가.

갑자기 수현의 목소리가 들렸다.

최유진은 자신을 부르는 소리에 고개를 돌렸고, 그곳에는 수현이 서 있었다.

빛이 들어왔다. 잠시 잊고 있던 빛이 최유진의 두 눈에 가득 들어왔다.

"수현아……."

자신도 모르게 수현을 불렀지만, 곧 정신을 차렸다.

"와줘서 고마워."

수현을 보며 최유진은 밝게 웃으며 인사를 건넸다.

"당연히 와야지."

담담하게 대답을 하려 하였지만, 가슴속에서 솟아오르는 슬픈 감정을 숨길 수는 없었다.

다만, 금방 감정을 숨기고 아닌 척 연기를 할 뿐이다.

그런 수현의 연기에 다른 사람들은 모두 속아 넘어갔지만, 최유진의 눈을 피하지는 못했다.

아시아의 여왕이라 불릴 정도로 최고의 연기를 선보이던 톱스타가 아닌가.

'미안해…….'

최유진은 수현이 자신에게 어떤 감정을 가지고 있는지 잘 알고 있었다. 하지만 사랑이라고 믿어온 감정이 사실은 좋게 포장된 거짓이었음을 깨닫게 되자 더는 수현의 마음을 받아줄 수가 없었다.

그것은 수현에게 솔직하지 못한 감정이기에.

서로 간에 사랑의 감정이 아니라면, 결국 파국이 기다리고 있을 뿐이기에.

다행스럽게도 최유진은 이제야 진정한 사랑을 찾았다.

어떤 것도 원하지 않고, 그저 편안하게 쉴 수 있도록 가슴을 빌려주는 지금의 남편을 최유진은 배신할 생각이 절대 없었다.

자신을 바라보는 수현의 눈빛이 안타깝지만, 이런 면에서 최유진은 이기적이다.

자신의 행복이 최우선이기에 수현의 마음을 받아줄 생각은 없다.

그것이 자신이나 자신을 고통에서 해방시켜 준 지금의 남편, 그리고 앞에 있는 수현에게도 더 나은 미래를 줄 수 있다고 생각하기 때문이다.

"여보, 이리 와봐. 소개해 줄 사람이 있어."

최유진은 더욱 밝게 웃으며 옆에 있는 제임스 권을 불렀다.

"응. 여기 젊은 미남은 누구야?"

제임스 권은 최유진을 애잔한 눈빛으로 바라보는 모습을 통해 수현의 정체를 짐작할 수 있었다.

최유진을 상담할 때마다 빠지지 않은 이야기 속 존재.

확실히 자신이 봐도 잘생긴 미남이었다.

흔히 서양 남자들에게 동양 여자들은 먹히지만, 서양

여성들에게 동양인 남성은 매력적이지 않다는 속설이 있다.

물론 그 말이 100% 옳은 이야기는 아니지만, 대체적으로 맞는 부분도 있었다.

하지만 지금 눈앞에 있는 사내는 누가 봐도 매력이 넘치는 남자로 느껴질 것이란 판단이 들었다.

"전에 내가 말한 수현이. 소진이와 함께 내가 아끼는 동생이야."

최유진이 조금은 과장되게 수현을 소개했다.

'음…….'

수현은 속으로 작게 신음을 하였다.

그녀의 소개에 이제 자신을 이성으로 생각하지 않는다는 것을 다시 한 번 깨달았다.

남편에게 소개하는 것처럼 말했지만, 사실은 수현에게 전하는 말이었다.

'더 이상 네가 나에게 남자로 보이지 않고, 그저 동생이길 원해.'

그녀의 확고한 선언이었다.

그녀의 의도는 제임스 권도 눈치챘다.

무엇 때문에 과장되게 소개를 하고 있는지 짐작한 제임스 권은 부드러운 미소를 지으며 수현을 향해 손을 내밀었다.

"이야기 많이 들었어요. 제임스 권입니다."

"아, 네. 정수현이라고 합니다."

수현도 그 손을 맞잡았다.

"정수현 씨는 유진 씨에게 들은 것보다 훨씬 더 미남이시네요."

제임스 권이 정중한 말투로 수현의 외모를 칭찬했다.

하지만 수현은 전혀 기분이 좋아지지 않았다.

아직 최유진에 대한 감정이 수습되지 않은 상태였기에 더욱 그러했다.

이제는 다른 사람의 아내가 되어버렸지만, 그래도 단번에 마음을 정리할 수는 없었다.

"그런데 너, 얼마 전에 그렇게 큰 사고를 당했으면서도 이렇게 돌아다녀도 되는 거야?"

어색해하는 수현의 모습에 최유진은 얼른 화제를 돌렸다.

사실 최유진은 한창 재혼 준비를 하던 중 해외 토픽으로 수현의 사고 소식을 접했다.

악연을 맺은 중국의 재벌 2세가 조폭을 동원해 테러를 가했고, 그 와중에 총을 쏘았다는 내용이었다.

비록 생명에는 지장이 없다고 들었지만, 다른 것도 아니고 무려 총이었다.

이곳이 총기 소지가 자유로운 미국이라 조금은 익숙해졌다고는 하지만, 최유진은 한국인이다.

한국인에게 총이란 무기는 군대에나 가야 만져 볼 수 있는 무기였다. 일반인에게, 그것도 여자인 최유진에게는 너무도 생소한 물건인 것이다.

한국도 그렇지만, 중국도 개인이 총기를 소지하는 것은 불법이다.

한국처럼 치안이 아주 좋지는 않지만, 중국에서 총기 사고는 극히 드물었다.

최유진도 아시아를 무대로 활동을 하던 톱스타였기에 그러한 사정을 잘 알고 있었는데, 수현이 중국에서 총기 사고를 당했다는 소식에 한동안 정신을 차릴 수가 없었다.

비록 수현을 향한 감정이 사랑이 아니었다는 것을 알게 되었어도 자신과 가장 가까운 사람 중 한 명이다.

전남편과 이혼을 한 뒤 가장 의지가 되어준 사람이 수현이었고, 스캔들이 터지고 악화되는 여론에 견디지 못해 잘못된 행동을 저질렀을 때 달려와 준 사람도 수현이었다.

물론 직접적으로 자신을 살린 것은 근처에 있던 이소진이지만, 이소진에게 급하게 연락을 하여 자신을 구하게 한 것이 바로 수현이었다는 것을 들었다.

그러하였기에 최유진에게 수현은 평생을 감사하면서 잊어선 안 될 사람인 것이다.

그런 수현이 총에 맞았다는 뉴스를 접했을 때, 최유진은 하늘이 노래지는 것만 같았다.

아직 그 고마움을 하나도 갚지 못했는데 혹시나 잘못되는 것은 아닌가 하는 생각이 계속해서 머릿속을 맴돌았다.

그 때문에 모든 것을 버리고 도망치듯 떠나온 한국에 다시 가보려 했다.

다행히 큰 부상이 아니고, 또 곧 정신을 차렸다는 소식을 듣고 안심할 수 있었다.

최유진이 수현을 보면서 감회에 젖어 있을 때, 수현이 불쑥 물었다.

"누나, 행복해?"

최유진은 수현의 느닷없는 질문에 잠시 고개를 돌려 남편을 쳐다보더니, 곧 환한 미소를 지으며 대답했다.

"응. 무지 행복해."

쪽.

대답을 마치기 무섭게 최유진은 제임스 권의 입술에 키스를 하였다.

그 모습에 수현은 더 이상 최유진의 마음에 자신은 없다는 것을 다시 한 번 깨닫고, 그녀의 행복을 위해서라도 자신은 이만 물러나야 한다고 마음먹었다.

"다행이다. 이곳에서라도 행복을 찾았으니…… 정말 다행이다."

정말로 말 그대로 다행이라고 느끼는 것인지, 아니면 자신의 상태를 숨기기 위해 아무 말이나 하는 것인지는 모르겠지만, 수현은 계속해서 다행이란 말만 반복했다.

"잘살아야 돼. 아프지 말고."

가슴 깊은 곳에서 솟아오르는 감정 때문에 이곳에 더 있다가는 사고를 칠 것만 같았다.

결국 수현은 마지막 그 말을 남기고 자리를 떠났다.

"응, 잘살게……."

뒤돌아 떠나는 수현의 모습에 최유진은 작게 중얼거렸다.

수현의 쓸쓸한 뒷모습에 최유진도 가슴이 아팠다.

하지만 그녀는 떠나는 수현을 붙잡지 않았다.

그것이 떠나는 수현이나 이제는 자신이 안주할 남편에게, 그리고 또 자신의 행복을 위해 그러면 안 된다는 것을 잘 알기 때문이다.

"저렇게 보내도 당신 괜찮겠어?"

뒤돌아 걸어가는 수현의 모습을 보며 제임스 권이 물었다.

"응, 괜찮아요. 전 당신으로 인해 진정한 어른이 되었으니까요."

많은 의미가 담긴 말이었다.

그 말이 무엇을 뜻하는지 제임스 권도 완벽하게 깨닫지는 못했지만, 하나만은 확실히 알 수 있었다.

남편인 자신에게 충실한 아내가 되겠다는 의미가 담긴 말이란 것을 말이다.

Chapter 4

일탈

혼란스러운 마음에 결혼식장을 무작정 빠져나왔다.

뒤에서 누군가가 자신을 부르는 소리가 들려왔지만, 그런 것에 신경 쓸 정신은 없었다.

부우웅.

렌트한 차를 타고 무작정 달렸다.

답답한 마음에 창문을 열고 태평양이 보이는 해안도로를 빠르게 운전했다.

오전까지만 해도 조금 쌀쌀한 느낌이었는데, 오후가 되니 후덥지근하게 변했다.

창문을 열고 빠르게 달리다 보니 시원한 바람이 차 안으로 들어와 어느 정도 정신이 돌아왔다.

그런데 차창 밖의 풍경이 눈에 들어오자 또다시 짜증이 밀려들었다.

자신은 이렇게 심난한데, 여전히 하늘은 푸르고 파도치는 바다와 그 위를 나는 갈매기들은 무척이나 평화로워 보였기 때문이다.

"하아, 젠장."

수현은 자신의 행동에 후회를 했다.

최유진이 왜 그런 말을 한 것인지 이해하면서도 감정을 추스르지 못하고 무작정 뛰쳐나온 것에 자괴감이 들었다.

뚜르르.

"여보세요."

오늘 결혼식을 올린 최유진은 정신이 없을 것이니, 매니저였던 이소진에게 전화를 걸었다.

지금에서야 돌이켜 생각해 보니, 조금 전 정신없이 뛰쳐나올 때 뒤에서 부르던 사람의 목소리가 아마도 이소진이 아니었나 싶었다.

"소진 누나."

이소진이 전화를 받자 수현은 조금 전 일에 대해 사과를 했다.

그러고 나서 최유진에게도 미안하다는 말을 전해 달라고 부탁했다.

축하해 주기 위해 미국까지 왔으면서 피로연에서 뛰쳐나와 버린 것은 백번 따져 봐도 자신이 잘못한 일임을 알기에 미안한 마음이 컸다.

물론 직접 찾아가 자신의 입으로 사과를 하는 것이 올바른 일이겠지만, 지금은 최유진의 얼굴을 보는 것이 너무 힘들었다.

"부탁 좀 할게⋯⋯."

힘없는 목소리로 통화를 끝낸 수현은 그렇게 잠시 가만히 운전석에 앉아 있었다.

위잉, 애앵, 애앵, 윙윙윙윙!

사이렌을 울리며 다가온 경찰차가 수현의 차 뒤에 멈춰 섰다.

똑, 똑, 똑.

목 받침대에 기대고 있던 수현은 얼른 정신을 차리고 창밖을 쳐다보았다. 그러고는 바로 옆에 경찰이 다가와 있는 걸 보고 깜짝 놀랐다.

아무리 정신을 놓고 있었다지만, 누가 자신의 곁에 다가온 줄도 모르고 있었다는 것에 놀란 것이다.

중국에서 한 번 사고를 당한 뒤로 수현은 절대 긴장을 놓고 자신의 뒤를 내준 적이 없었는데, 오늘 최유진의 재혼 장면은 확실히 큰 충격이었나 보다.

"무슨 일 있습니까?"

캘리포니아 주 고속도로 순찰대 소속 경찰관 마크 그레이엄은 조심스레 물었다. 도로가에 정차돼 있던 차량에 접근해 보니 운전자가 머리를 뒤로 젖히고 있는 모습에 걱정이 된 것이다.

"죄송합니다. 운전 중 몸이 좋지 못해 잠시 쉬고 있었습니다."

수현은 자신의 사정을 이야기하는 것보단 보편적으로 할 수 있는 변명을 했다.

사실 그 말이 꼭 틀린 것도 아니었다.

"아, 그렇습니까? 그렇다면 잠시 운전면허증을 보여주시겠습니까?"

그레이엄은 별다른 위협이 느껴지지 않자 내심 안도하며 권총집에 대고 있던 손을 풀었다.

"네, 잠시만 기다려 주십시오."

수현은 천천히 지갑에 손을 가져가며 한 번 더 강조했다.

"아, 지갑 좀 꺼내겠습니다."

예전, 미국에서 조심해야 하는 것들에 대해 조언을 들은 적이 있다. 지금처럼 운전을 하다 경찰을 만나게 되면 행동에 더욱 주의를 기울여야 한다는 말이었다. 한국에서처럼 무턱대고 품에 손을 집어넣으면 무기를 꺼내는 것이라 오해를 살 수 있기에 조심해야 했다.

그렇기에 수현은 자신의 행동이 전혀 위협적이지 않다는 것을 경찰에게 인지시키며 운전면허증과 여권을 꺼내 경찰에게 건네주었다.

'외국인이었어?'

너무도 자연스러운 영어였기에 그레이엄은 속으로 살짝 놀랐다.

한국에서 운전 중 경찰을 만나 불심검문을 받게 되면 운전자들의 반응은 한결같다.

자신이 뭔가 잘못한 것이 있으면 겁을 먹고, 아무런 잘못이 없을 때는 화를 내거나 짜증을 부린다.

미국도 마찬가지다. 여러 인종이 있고, 또 여러 국가에서 온 사람들이 모이는 용광로와 같은 나라가 바로 미국이었다. 무엇보다 치안이 안전하지 못하기에 강압적인 부분이 많아서 대체로 경찰에 대한 이미지는 그리 좋지 못했다.

그 때문에 하층민에 속하는 이들은 마음속 깊은 곳에 자신들이 피해자라 생각하고, 경찰은 자신들을 탄압하고 억압하는 존재라 여기는 경우가 많았다. 그러니 경찰이 검문을 하는 것에 부정적인 반응이 대부분이다.

그런데 수현의 반응은 전혀 달랐다.

척 봐도 아시아인인데, 이런 일을 많이 겪어본 사람처럼 과민 반응도 없고, 너무도 침착하게 행동하는 것이었다. 그래서 그레이엄은 수현을 성공한 이민자나 교포 정도로 생각했다.

그런데 수현이 운전면허증과 함께 여권을 내밀자 잠시 놀란 것이다.

"한국인이시군요. 여긴 어쩐 일로 오신 겁니까? 관광? 아니면 비즈니스?"

여권을 확인한 그레이엄은 자연스럽게 미국에 온 목적을 물었다.

모르는 사람이 들으면 그냥 아무런 의미 없는 질문처럼 생각될 것이다. 하지만 혹시라도 수현이 범죄와 관련된 사람은 아닌가 살피기 위한 물음이었다.

겉으로 아무리 멀쩡해 보이더라도 사람 속은 모르는 것이지 않은가.

"네. 아는 지인의 결혼식이 있어 축하하기 위해 왔습

니다."

경찰관의 질문에 수현은 자신이 미국에 온 목적을 숨김없이 대답해 주었다.

"아, 그래요? 축하할 일이네요. 그런데 안색이 좋지 못합니다?"

그레이엄은 수현의 말과 달리 인적이 드문 고속도로에 혼자 어두운 얼굴로 있던 모습을 떠올리며 살짝 긴장하며 물었다.

수현은 아무런 의심 없이 바로 말을 이어갔다.

"몸이 좋지 못해 인사만 하고 피로연 중에 나왔습니다. 그리고⋯⋯."

수현은 안색이 좋지 못한 이유가 몇 달 전 중국에서 사고를 당했기 때문임을 이야기하였다.

"아, 그러시군요. 혹시 도움이 필요하십니까?"

대화를 나누던 중에 수현이 자신의 직업을 밝히자, 그제야 그레이엄은 완전히 의심을 털어낼 수 있었다. 물론 그 와중에 몰래 인터넷 검색을 해서 수현의 기사를 찾아 확인을 마쳤다.

"괜찮습니다. 신경 써주셔서 감사합니다. 아⋯⋯."

수현이 갑자기 말을 멈추더니, 다시 어렵사리 입을 뗐다.

"저기, 실례가 되지 않는다면, 혹시 이 근처에 전망이 좋은 호텔이나 모텔을 알고 계신가요? 추천을 좀 해주십시오."

수현은 마치 그림과도 같은 캘리포니아 서부 해안의 풍경을 보면 심란한 마음이 어느 정도 진정될 것이라 생각했다. 그래서 이대로 돌아가는 것보다 잠시 머물며 마음의 안정을 찾기로 했다.

"으음⋯⋯."

생각지도 못한 수현의 요청에 그레이엄은 잠시 고민을 하였다.

자신이 고속도로 순찰대 소속이기는 하지만, 주변 지리에 대해 잘 아는 것은 아니었다.

"이봐, 마크. 이 근처에 경관이 좋은 호텔이나 모텔에 대해 알고 있나?"

결국 딱히 떠오르는 곳이 없자 파트너인 마크를 불렀다.

"무슨 일인데 그래?"

"응. 여기 이분이 관광객인데, 도움을 청해서 말이야."

그레이엄은 다른 설명을 빼고 수현이 요청한 것만 간단하게 물었다.

"관광객? 음, 여기서 15km 정도 더 내려가면 그린 벨리에 모텔이 하나 있는데, 싸고 괜찮아. 앞에는 그레이 웨일 코브 스테이트 비치가 있어서 수영도 즐길 수 있고."

마크는 그레이엄의 질문에 차에서 내리지도 않고 큰 목소리로 대답을 했다.

사실 그가 차에서 내리지 않는 것은 경찰 매뉴얼에 나와 있는 행동양식에 따른 것이었다.

'그린 벨리?'

사실 수현은 그저 가볍게 물어본 것뿐이다.

어차피 그레이엄이 숙소를 소개시켜 준다 해도 내키지 않으면 그만이었다. 어차피 최유진의 결혼식에 참석하기 위해 예약해 둔 호텔도 있다.

그런데 자신의 사소한 요청에도 성심성의껏 대답해 주는 두 경찰의 배려에 수현의 마음이 한결 안정되었다.

또 한편으로는 호기심이 생겼다.

모텔이라고 하니 자신이 묵고 있는 호텔보단 급이 낮겠지만, 경찰이 추천할 정도면 시설이 그렇게까지 나쁘지는 않은가 보다.

더욱이 앞에 해변이 있고 수영도 할 수 있다는 말에 마음이 살짝 동했다.

"이 도로를 따라 쭉 내려가다 보면 그린 벨리라는 표지판이 보일 겁니다. 그곳에 모텔이 있으니 한 번 가보십시오."

이미 마크가 큰 소리로 이야기했기에 내용을 파악했지만, 티 내지 않고 그레이엄에게 감사 인사를 했다.

"땡큐, 경사님."

그레이엄 경사가 더는 할 일이 없다는 듯 경찰차로 돌아가자 수현도 정신을 차리고는 다시 운전대를 잡았다.

그레이엄 경사가 추천한 모텔은 나름 괜찮았다.

시설도 그럭저럭 만족스럽고 저렴한 요금에 딱 알맞은 모텔이었다.

"식사는 아침에 커피와 샌드위치 정도만 가능하고, 식당은 8시까지 이용이 가능합니다."

"알겠습니다."

모텔 직원의 설명을 들은 수현은 방 키를 받아 들고 모텔 옆에 붙어 있는 숍에서 남성용 수영복을 구매했다.

즉흥적으로 온 터라 당장 해변에서 입을 옷이 없었다. 그래서 우선 트렁크 형태의 수영복을 샀다.

실내 수영장도 아닌지라 삼각 수영복을 입기는 조금 불편했다.

또 트렁크 형태라 굳이 수영을 하지 않더라도 어색하지

않기에 괜찮은 선택이었다.

수영복과 물안경, 그리고 해변에서 신을 슬리퍼를 마저 구입한 수현은 자신에게 배정된 방으로 갔다.

덜컹. 탁.

방에 들어선 수현은 잠시 안을 살펴보고는 어깨를 살짝 으쓱했다.

한국의 모텔이나 미국의 모텔이나 별다를 것이 없었다.

잠시 실내를 살피던 수현은 바로 옷을 갈아입고 밖으로 나갔다.

방 키를 카운터에 맡기고 그레이엄 경사가 알려준 그레이 웨일 코브 스테이트 비치로 내려가려 하니 직원이 잠시 수현을 불러 세웠다.

"손님, 해변에 내려가시면 녹색 파라솔들이 모여 있는 곳이 보일 거예요. 저희 모텔에 배정된 파라솔이니, 빈 곳을 마음껏 이용하시면 됩니다."

"네, 감사합니다."

"그리고 해변에 가실 거면, 미리 음료를 준비해 가시는 것이 좋아요. 해변에서 파는 것은 너무 비싸거든요."

수현의 외모에 반한 것인지, 아니면 단지 동양인이 왔기에 호기심을 느낀 것인지는 모르겠지만, 금발의 여자 직원은 친절하게 조언을 해주었다.

"감사합니다."

수현은 살짝 눈웃음이 담긴 감사 인사를 전달했다.

그러자 금발 직원의 볼이 살짝 상기되었다.

여직원이 부끄러워하는 모습을 뒤로한 채 수현은 해변으로 향했다.

몇 걸음을 옮기던 중 방금 수현과 대화를 나눈 여직원을 놀리는 모텔 직원들의 소리가 들려왔다.

수현은 그 악의 없는 장난질에 피식 웃으며 해변으로 향했다.

*　　　*　　　*

짹짹짹짹.

창문을 가린 커튼 사이로 빛이 새어 들어오고, 창밖에서는 아침을 알리듯 새들이 지저귄다.

올해 18세가 된 레베카는 고등학교를 졸업하고 얼마 전 대학에 진학했다.

레베카가 입학한 대학의 이름은 스카이라인 칼리지, 캘리포니아 샌프란시스코에 위치한 대학이다.

그녀의 어머니는 레베카가 가족이 살고 있는 LA에 소재한 대학에 입학하길 원했다. 하지만 레베카는 성인이 되었으니 이제는 부모에게서 독립을 해야 한다는 생각에 연고가 없는 샌프란시스코에 위치한 스카이라인 칼리지로 진학을 결정했다.

그런 이유로 레베카는 현재 학교 기숙사에서 생활을 하고 있다.

18년 동안 부모님의 보살핌을 받던 그녀가 독립하여 홀로서기를 하는 과정은 정말이지 실수의 연속이었다. 모든 게 처음 경험하는 것이라 낯설고 힘들었다.

때문에 현재 그녀가 받고 있는 스트레스는 이만저만이 아니었다.

처음에는 부모에게서 벗어나 독립을 한다는 생각에 마냥 기뻤지만, 즐거움은 잠시뿐이었다.

혼자서 모든 일을 처리해야 하는 생활은 레베카는 정신이 쏙 빼놓았다.

특히나 저혈압이라 아침잠이 많은 탓에 오전 수업에 지각을 하기 일쑤였다. 학기가 시작된 지 이제 겨우 한 달이 지났지만, 벌써 학사경고를 받았다.

"하~ 저놈의 새 주둥아리… 죽여 버릴 거야!"

아침을 알리는 새의 지저귐은 언뜻 아름답고 낭만적으로 들릴지 모르겠지만, 레베카에게는 평화를 깨뜨리는 저주받은 악마의 울부짖음이었다.

"하이, 레베카. 아침이야. 어서 일어나."

레베카가 뒤척이는 기척에 룸메이트인 레지나가 다가와 그녀를 깨웠다.

"오우, 레지나. 날 그냥 놔줘."

레베카는 친구의 부름에 얼굴을 베개에 묻고 투정을 부렸다.

귀여운 반항을 해보았지만, 레지나에게는 전혀 통하지 않았다.

찰싹.

"악!"

갑작스럽게 엉덩이에서 통증이 일자 레베카는 새된 비명을 지르며 침대에서 벌떡 일어났다.

날이 밝았는데도 일어나지 않자 레지나가 준엄한 응징을 가한 것이다.

"아악! 레지나, 나 피곤하단 말이야……."

오늘은 토요일 주말이다. 수업이 없는 날이라 레베카는 모처럼 부족한 잠을 보충하려고 했는데, 레지나의 방해로 그 소박한 꿈이 산산이 깨져 버렸다.

하진만 레지나도 할 말은 있었다.

"너, 오늘 우리들이랑 해변으로 놀러 가기로 한 건 잊은 거야?"

"아, 맞아. 놀러 가기로 했지. 하지만 피곤한데……."

대학 생활에 적응하지 못해 스트레스를 받고 있는 레베카를 위로해 주기 위해 친구들이 해변으로 놀러 가자고 제안을 했다.

그런데 그만 새까맣게 까먹고 있던 것이다.

"어서 준비해. 일찍 가지 않으면 좋은 자리 모두 뺏긴단 말이야."

이곳 샌프란시스코가 고향이 레지나는 그레이 웨일 코브 스테이트 비치가 얼마나 인기가 많은 해변인지 잘 알고 있었다.

그렇기에 이른 아침부터 부산하게 움직이며 준비를 서둘렀다.

하지만 약속조차 잊은 채 늦잠을 자던 레베카로 인해 출발이 늦어졌다.

자연 분노 게이지가 치솟을 수밖에 없었다.

"알았어……."

자신을 위해 시간을 내준 것을 알기에 레베카는 피곤한 몸을 이끌고 화장실로 들어갔다.

샤워를 하고 간단하게 화장을 끝낸 레베카는 레지나와 함께 기숙사 입구로 향했다.

그곳에는 벌써 준비를 마친 친구 두 명이 핫팬츠에 스포츠 브라를 입고 그녀를 기다리고 있었다.

그런 친구들과 달리 레베카는 무릎까지 오는 반바지에 긴팔의 래시가드 차림이었다.

"뭐야, 레베카. 어디 수녀원에라도 가는 거야?"

레베카의 복장을 본 친구들이 야유를 쏟아냈다.

"거 봐, 내가 뭐라고 했어. 다른 걸로 입자고 했잖아."

레베카와 함께 나온 레지나도 작게 투덜거렸다.

그도 그럴 것이, 레지나의 복장도 레베카와 다르지 않았기 때문이다.

원래 레지나는 다른 친구들처럼 해변에 도착해 바지만 벗으면 물속으로 들어갈 수 있도록 간편하게 입고 싶어 했다.

하지만 캘리포니아의 뜨거운 태양에 피부가 검게 타버릴 거라는 레베카의 협박 아닌 협박에 어쩔 수 없었다.

그런데 역시나 친구들의 반응은 자신의 예상을 벗어나지 않아 이런 복장을 추천한 레베카에게 비난의 화살을 돌린 것이다.

"난 남자들의 눈요기가 되고 싶은 생각은 하나도 없어."

역시 자기 주관이 강한 레베카답게 전혀 굴하지 않고 도도한 표정으로 말했다.

"어우야, 역시 레베카는 어쩔 수 없다니까."

마이페이스인 레베카의 대답에 기다리던 두 친구도 고개를 절레절레 흔들었다.

"어서 가자. 늦겠다."

더 이상 지체했다가는 늦을 것이란 생각에 레지나가 나서서 일행을 선도했다.

"그래, 가자."

네 사람은 얼른 차에 올랐다.

오늘의 이동 수단은 레베카의 차였다. 친구들이 자신을 위해 시간을 내준 만큼 운전은 레베카가 책임지기로 한 것이다.

대학에 합격을 하자 아버지가 입학 선물로 사 준 것이다.

물론 이제 겨우 열여덟 살이 된 그녀가 몰기에는 조금 과한 감이 있었다.

"와우, 언제 봐도 레베카의 차는 멋있어!"

종종 얻어 타는 레지나는 레베카의 차를 보며 황홀한 듯 눈을 빛냈다.

포드 머스탱 GT.

미국산 자동차라는 것이 외양에서부터 느껴질 만큼 선 굵은 디자인에 500마력을 훌쩍 넘기는 강력한 엔진을 가졌다.

사실 여자라면 머스탱보다 예쁜 디자인의 유럽 스포츠카를 선호하는 경우가 많지만, 레지나는 오로지 머스탱 마니아였기에 레베카의 머스탱 GT를 탈 때면 언제나 이런 표정이었다.

"출발한다."

부우웅.

아침 일찍 일어난 것에 조금 짜증이 나기는 하지만, 자신의 차를 칭찬하는 레지나의 말에 살짝 기분이 좋아진 레베카는 세게 액셀을 밟았다.

*　　　*　　　*

모텔 직원이 알려준 장소로 가보니 안내 푯말이 붙어 있었다.

"여기군."

파라솔이 놓인 곳을 돌아보던 수현은 그중 빈 파라솔로 가서 자리를 잡았다.

파라솔 옆에는 비치 체어가 놓여 있었다.

아마도 모텔 측에서 손님의 편의를 위해 가져다 놓은 듯했다.

조립식 플라스틱 테이블에 음료를 올려두고 의자에 앉았다.

부서지는 파도 소리와 갈매기들의 울음소리가 귓가를 울리면서 수현의 기분을 한층 북돋워 주었다.

간간이 들려오는 사람들의 말소리도 부드러운 음악 소리로 들릴 정도다.

"좋네."

계획적인 일은 아니었지만, 최유진의 결혼식 피로연에서 느낀 혼란스러운 감정이 조금은 씻겨 내려가는 느낌이었다.

한참을 그렇게 의자에 앉아 해변을 바라보고 있는데, 저 멀리 파도를 타는 사람들이 눈에 들어왔다.

'재미겠다.'

수현은 서핑을 하는 사람들을 보면서 문득 부럽다는 생각이 들었다.

지금까지 여러 운동을 경험해 보았지만, 서핑은 한 번도 해본 적이 없었다.

그도 그럴 것이, 해양 스포츠를 하기 위해선 숙달하는 데 많은 시간이 필요한데, 수현은 그동안 너무도 바쁘게 활동을 해왔기에 그런 여유를 가져 보지 못했다.

그러다 방금 서핑을 하는 사람들을 보니 문득 자신도 타 보고 싶다는 생각이 들었다.

수현은 주저 없이 일어나 해변 한쪽에 있는 서핑 보드 대여점으로 향했다.

그곳에선 서핑 보드를 탈 수 있는 간단한 요령을 알려주기도 했다.

수현은 코치에게서 간단하게 주의할 점과 서핑 보드를 타는 요령에 대해 한 시간 정도 강의를 받았다.

그런 후, 자신을 가르쳐 준 코치와 함께 서핑 보드를 들고 바다로 나갔다.

가끔 자신을 너무도 과신하여 초보자가 멀리까지 파도를 타려고 나가는 경우가 있어 이를 방지하기 위해서였다.

겉보기에는 그리 위험해 보이지 않지만, 결코 그렇지 않았다.

바다에 파도가 친다는 것은 그 밑에 여러 장애물들이 있다는 말과 같았다.

스카라이드

바닷물 때문에 보이지는 않지만, 암초 같은 것들이 있을 수 있다.

파도를 타다 바다에 빠졌을 때, 극심한 해류에 휘말려 평정심을 잃을 수도 있다. 이때는 조심을 해야 한다.

익사의 위험이 도사리고 있기 때문이다.

서핑 보드에 관해 교습을 하는 코치나 강사들은 이런 주의할 점을 서핑을 배우는 초보자들에게 항시 이야기한다.

그럼에도 종종 사고가 나는 것은 자신을 가르친 코치나 강사들의 주의를 제대로 듣지 않기 때문인 것이다.

"자, 준비하세요. 파도가 오고 있습니다."

코치는 수현의 옆에서 타이밍을 잡아주며 말했다.

초보들은 언제 파도를 타야 하는지 타이밍을 잡는 것이 어렵기에 이렇게 옆에서 가르쳐 주는 것이다.

"지금입니다. 보드를 밀고 일어나세요!"

수현은 코치의 고함 소리에 조금 전 육지에서 배운 대로 가슴 앞에 손을 모아 보드를 힘껏 밀어내며 몸을 일으켜 보드 위에 중심을 잡고 섰다.

촤아악.

"후욱!"

보드 위에 올라선 수현은 육지에서 한 것과는 전혀 다른 느낌을 받았다.

단단한 땅 위에서는 중심을 잡는 것은 어렵지 않았다.

하지만 바다의 보드 위에서 중심을 잡는다는 것은 생각처럼 쉽지 않았다.

그렇지만 수현이 누구던가. 시스템의 축복을 받은 사람이 아닌가.

남다른 신체 능력을 가지고 있는 수현은 유동적인 물 위에서의 중심 잡기를 금방 터득하고, 이내 파도를 타기 시작했다.

한 번, 두 번 횟수가 거듭될수록 수현의 동작은 자연스러워졌다.

"오, 마이 갓!"

수현이 파도를 타기 시작하면서 그를 가르친 코치는 저도 모르게 감탄성을 내질렀다.

그도 그럴 것이, 처음 자신을 찾아왔을 때만 해도 수현은 서핑에 관해 아무것도 모르는 생초보였다.

그런데 강습을 받은 지 겨우 몇 시간 만에 혼자 파도를 타고 있었다.

그것도 마치 몇 년을 해온 사람처럼 능숙하게 말이다.

하지만 코치가 놀라기에는 아직 일렀다.

스타라이드

점차 시간이 지나고 경험이 쌓이면서 수현의 실력은 우후 죽순처럼 빠르게 늘었다.

촤악, 촤악.

"엑셀런트!"

더 이상 자신이 어드바이스할 것이 없다고 생각한 코치는 다시 자신의 자리로 돌아와 수현이 파도 타는 것을 지켜보며 소리쳤다.

30년 이상을 서핑을 하고, 또 강습을 시작한 것은 5년 정도가 되었지만. 그동안 그가 보아온 초보자들 중 수현처럼 빠르게 실력이 느는 사람은 지금까지 한 번도 보지 못했다.

그러다 보니 자신도 모르게 수현에게 빠져들고 말았다.

물론 실력이 빠르게 늘고는 있지만, 그렇다 해서 수십 년간 파도타기를 해온 코치를 감동시킬 정도의 실력은 아니었다.

하지만 수현에게는 사람의 시선을 끌어들이는 뭔가가 있었다.

그렇기에 아직은 미숙한 수현의 파도타기라 해도 코치를 환호하게 만든 것이다.

그건 비단 수현을 가르친 코치만의 생각이 아니었다.

이곳 그레이 웨일 코브 스테이트 비치를 찾은 많은 사람들도 하나둘 수현의 파도타기를 주시했다.

촤아아아.

즉흥적으로 마음이 동해 강습을 받고 시작한 서핑.

수현은 파도타기를 하면서 그동안 쌓인 근심과 걱정들을 모두 잊었다.

처음 실습을 할 때 해변에서 그리 멀지 않은 곳에서 코치의 보조를 받으며 파도를 타던 것이, 어느 정도 숙달되자 점점 더 멀리 나가 큰 파도를 타기 시작했다.

너울이 크게 일고, 그 꼭대기에서 파도를 타고 내려오는 기분은 이루 형언할 수 없는 짜릿함을 선사했다.

"우후!"

저도 모르게 파도를 타며 환호성을 질렀다.

촤아!

한참을 서핑에 몰두하던 수현은 어느 정도 기분을 만끽한 후에야, 대여했던 보드를 반납하고 자신의 물품을 놓아둔 자리로 돌아갔다.

그때, 누군가가 자신을 부르는 목소리를 들었다.

"수현! 혹시 수현 아닌가요?"

수현은 아직은 어린 듯 맑은 음성이 자신을 부르자 고개

를 돌려 목속리의 주인을 찾았다.

"맞는데, 누구……."

금발의 아름다운 미녀가 그곳에서 자신을 보며 상기된 표정을 짓고 있었다.

"어쩜 좋아!"

미녀의 정체는 바로 친구들과 해변에 놀러온 레베카였다.

레베카는 사실 어찌 보면 끌려 나오듯 해변에 오게 된 것인데, 설마 이곳에서 자신이 좋아하는 스타를 만날 것이라고는 상상도 못했다.

"저 팬이에요. 로열 가드 팬 카페인 카멜롯에도 가입되어 있어요."

레베카는 친구들에게 음료를 가져다주어야 한다는 것도 잊은 채 수현과 만난 것에 정신을 빼앗겨 온갖 말을 쏟아냈다.

한편, 뜻하지 않은 곳에서 자신의 팬이라고 하는 금발미녀를 보게 되자 수현은 살짝 당황했다.

하지만 무릇 연예인이라면 어떤 상황에서도 팬을 대할 때 당황하면 안 된다.

"미국에선 그리 활동을 하지 않았는데 이렇게 팬을 만나게 되다니, 정말 감사합니다."

수현은 의례적인 답변을 하면서 레베카의 이야기를 받아주었다.

"저, 사실 수현 씨를 직접 보는 것이 이번이 처음은 아니에요. 재작년 필리핀에 가족 여행을 갔다가 그곳에서 수현과 로열 가드를 봤어요. 그리고 참, 그때 정말 감사했어요."

레베카는 2년 전 로열 가드가 화보 촬영을 할 때 필리핀에 있었다. 강력한 쓰나미 또한 겪었지만, 수현의 빠른 경고에 그녀와 가족들은 모두 무사할 수 있었다.

당시 발생한 쓰나미로 인해 인도네시아에서만 인명 피해가 10만이 넘어갔으며, 필리핀과 인근의 국가들도 많은 인명 피해와 물적 피해를 입었다.

무엇보다 수해로 인해 난민이 엄청나게 발생하였고, 전염병마저 유행하면서 국제적으로 도움을 손길이 이어졌다.

그때, 레베카는 수현이 목숨을 구해줬다는 것에 언제나 감사하며 지내고 있었는데, 이렇게 직접 눈앞에서 보게 되자 들끓어 오르는 감동을 주체할 수가 없었다.

"아, 생각났다!"

수현도 레베카의 이야기를 듣다 문득 떠오르는 것이 있었다.

STV의 간판 예능인 '김정만의 정글 라이프' 촬영을 마

치고 멤버들과 뮤직 비디오 촬영과 함께 화보도 촬영을 하였다.

그러던 중 마무리 촬영을 남기고 발생한 쓰나미로 인해 멤버들과 스텝들 모두 호텔로 피신을 했다.

그러다 쓰나미에 휩쓸린 정아름을 구하기도 했다.

당시 야자나무에 매달려 도움을 요청하는 아름을 보고 수현은 지체 없이 물에 뛰어들었다.

지금 생각해 봐도 참으로 무모한 일이 아닐 수 없었다.

어쨌든 아름을 구한 뒤, 그곳에서 쓰나미를 피해 있던 사람들을 잠깐 만날 기회가 있었다.

그때, 피난처가 된 호텔에 할리우드의 유명 영화감독 가족들이 있었다는 게 기억났다.

"레베카 로렌스였던가?"

수현은 기억을 더듬으며 레베카의 이름을 불러보았다.

"와! 제 이름을 기억하고 있었네요."

레베카는 수현이 자신의 이름을 불러주자 깜짝 놀랐다.

그도 그럴 것이, 그 정신없던 상황에서 잠시 스쳐 간 인연에 불과한데, 무려 2년이나 지나서도 자신의 이름을 기억하고 있다는 것에 레베카는 가슴이 터질 것처럼 기뻤다.

자신이 좋아하는 스타가 자신의 이름을 기억하고, 또 불러

준다는 것은 이루 형언할 수 없는 기분을 느끼게 해주었다.

'역시 수현은 특별해!'

레베카는 당시에도 유명 스타가 자신의 목숨을 돌보지 않고 위기에 처한 사람을 위해 몸을 던졌다는 사실에 무척이나 감동했다.

그리고 한편으로는 그런 스타의 팬이란 것에 자부심을 느꼈다.

그런 기분이 당시 어려운 상황에서 느끼게 된 특별한 감정이라면 오늘 수현과 대화를 하면서 느낀 것은 수현이 특별하다는 것이다.

레베카는 어려서부터 유명한 아버지 때문에 많은 할리우드 스타들을 봐왔다.

겉으로는 친절하게 자신을 대해주지만, 영화감독인 아버지의 눈에 들기 위해 가식적으로 행동을 하는 사람들이 대부분이었다.

그 때문에 아버지와 연관이 없는 아시아의 스타에게 더욱 열광을 했는지도 몰랐다.

그렇지만 레베카는 수현이 포함된 로열 가드에 빠진 것을 후회하지 않았다.

처음에는 그저 잘생긴 미남들로 구성된 그룹에 관심을 가졌다면, 필리핀에서의 일을 겪고 난 뒤로는 마치 종교에 빠진 것처럼 광신적으로 빠져들었다.

실제로 룸메이트인 레지나나 오늘 함께 어울린 크리스틴과 메건도 레베카로 인해 로열 가드의 팬이 되었다.

"그런데 몸은 어때요?"

레베카 역시 얼마 전 수현이 중국에서 피습을 당했다는 뉴스를 보았다.

한동안 로열 가드의 팬 카페에 들어가지 못했다가 스카이라인 칼리지에서 입학 허가가 떨어지면서 기쁜 마음에 글을 쓰기 위해 들렀다가 알게 되었다.

"응, 이젠 다 나았어."

"그래요?"

레베카는 고개를 갸웃거리며 수현의 몸을 살폈다.

그러자 오른쪽 옆구리에 총알 자국으로 보이는 흉터가 보였다.

'어머, 어떻게 해!'

레베카는 속으로 안타깝게 외쳤다. 마치 자신이 총을 맞은 것 같은 아픔이 느껴졌다.

그때, 누군가가 레베카를 부르는 소리가 들려왔다.

"야, 레베카!"

"레베카, 여기서 뭐 하고 있는 거야? 나 목말라 죽을 것 같단 말이야."

그들은 다름 아닌, 레베카의 친구들이었다.

이곳 그레이 웨일 코브 스테이트 비치에 도착한 그녀들은 그제야 깜빡하고 음료를 챙기지 못했다는 사실을 깨달았다.

문제는 매점이 좀 멀리 떨어져 있다는 것. 뜨거운 햇살이 내리쬐는 가운데 음료를 사러 가는 것은 누구에게나 귀찮은 일이었다.

결국 이들은 누가 음료를 사 올 것인지 내기를 하였다.

그러다 걸린 사람이 바로 레베카였다.

처음에는 자신의 스트레스를 풀어주기 위해 온 것인데 심부름까지 시키냐며 투정을 부려보기도 했지만, 승부의 세계는 냉혹한 법이었다.

그런데 돌아올 시간이 한참이나 지났는데도 감감무소식이었다.

친구들은 혹시나 레베카가 안 좋은 일을 당한 것은 아닌가 걱정이 되었다.

실제로 해변에서 질 나쁜 불량배들에게 성추행을 당하는 사례가 종종벌어지기도 했다.

결국 걱정이 되어 레베카를 찾아 나섰다.

그런데 정작 레베카는 웬 남자와 다정하게 이야기를 하고 있는 것이 아닌가. 그 모습을 본 친구들은 배신감에 레베카에게 다가가 소리쳤다.

"어? 얘들아……."

고개를 돌려 친구들을 확인한 레베카는 그녀들의 화난 얼굴을 보며 깜짝 놀랐다. 아울러 그제야 자신이 심부름 중이었다는 걸 깨달았다.

"너, 여기서 뭐 하고 있던 거야?"

"그러게. 우린 네가 질 나쁜 사람들에게 험한 꼴은 당하지 않을까 걱정을 하고 있었는데, 어쩜 너는……."

"응, 미안해……."

입이 열 개여도 할 말이 없었다.

크리스틴은 레베카와 이야기를 하던 수현을 흘깃 쳐다보고는 잘생긴 외모에 더욱 화가 났다.

대학 생활에 힘들어하는 레베카를 위해 기껏 시간을 내서 함께 해변에 왔건만, 정작 레베카는 잘생긴 남자와 노닥거리고 있었다는 사실에 무시당한 기분이 든 탓이었다.

게다가 목말라 죽겠는데 음료를 갖다줄 생각도 않고 말이다.

"어? 얘들아, 그런 것 아니야."

레베카는 크리스틴의 말과 표정에서 그녀들이 어떤 오해를 하고 있는지 깨닫고 얼른 변명을 하였다.

"그럼 뭔데?"

크리스틴이 대놓고 묻자 레베카는 할 말이 없었다. 아니라고는 했지만, 따지고 보면 지금 모습은 잘생긴 남자와 헌팅을 하고 있는 장면이나 다름없었다.

실제로 지금 앞에 있는 수현은 키도 크고 얼굴도 잘생겼을 뿐만 아니라 마치 그리스 조각을 연상시키는 몸매의 섹시한 남자였다. 이런 남자라면 그 어떤 여자라도 마음이 흔들리지 않을 수는 없을 것이다.

그러니 레베카로서도 딱히 할 말이 없는 것이었다. 하지만 자신이 거짓말을 하고 있다 생각해서인지 친구들의 표정이 점점 험악해져 갔다. 이대로는 안 되겠다고 여긴 레베카는 서둘러 수습에 들어갔다.

"너희들, 정말 모르겠어?"

"아니, 우리가 뭘 모른다는 거야?"

"그러게. 레베카, 좀 솔직하게 말해줄래?"

크리스틴과 메건이 화난 목소리로 레베카를 압박하고 있을 때, 가만히 수현을 보며 고개를 갸웃거리던 레지나가 갑자기 소리치며 발을 동동 굴렀다.

"꺄아악! 어떻게 해!"

"넌 또 왜 그래?"

크리스틴은 갑자기 비명을 지르는 레지나를 의아하게 바라보았다.

"수현이야, 수현! 나 어떡해!"

"뭐? 수현? 그게 누군데?"

레지나가 눈을 동그랗게 뜨고 어쩔 줄 몰라 하자 오히려 친구들이 더 당황했다.

메건의 질문에 옆에 있던 레베카가 대답을 하였다.

"모르겠어? 수현 오빠라고. 로열 가드의 리더, 기사단장 수현!"

"수현… 오 마이 갓!"

레베카의 열변에 메건이 곰곰이 생각하더니 곧 무언가를 떠올렸는지 두 손으로 입을 가렸다. 그러고는 수현의 얼굴을 한 번 확인하고는 소리쳤다.

아직 상황이 어떻게 돌아가는지 깨닫지 못한 크리스틴만이 호들갑을 떨고 있는 세 친구를 보며 고개를 갸웃거렸다.

"뭐야? 뭔데?"

"어휴, 맹추. 아직도 모르겠어?"

레베카는 어리둥절하고 있는 크리스틴을 보며 한숨을

쉬었다.

한편, 네 명의 미녀가 호들갑을 떠는 모습에 해변에 있던 사람들의 시선이 모여들었다.

관심이 쏠리는 것에 마음이 불편해진 수현이 조용히 입을 열었다.

"음, 저기… 여기서 이럴 것이 아니라 자리를 옮겨야 할 것 같은데?"

"아!"

자신들끼리 신나게 떠들던 레베카와 친구들은 수현의 말에 그제야 정신을 차리며 주변을 살폈다.

그런 후, 사람들의 시선이 쏠린 것을 깨닫고는 속으로 비명을 질렀다.

'어머!'

"저쪽에 내 파라솔이 있는데, 그곳으로 가자."

수현은 대답도 듣지 않고 먼저 성큼성큼 걸어갔다.

그런 수현의 뒤로 레베카와 친구들이 붉어진 얼굴로 따랐다.

Chapter 5
작곡

레베카와 레지나는 수현을 만나 시간 가는 줄도 모르고 이야기를 나눴다. 평소 선망하던 스타인 수현이 눈앞에 있다는 것이 정말 믿어지지 않았다. 하지만 지금은 엄연한 현실이었다.

두 사람보단 덜하지만, 크리스틴과 메건 또한 수현과 이야기하는 것이 무척이나 즐거웠다.

그도 그럴 것이, 수현은 전혀 스타답지 않게 무척이나 친절하고 매너가 좋았다.

자신들이 떠드는 이야기에 인상 한 번 찡그리지 않고 가만히 들어주었다.

여자 세 명이 모이면 접시가 깨진다고 하는 말은 동양이나 서양이나 마찬가지였다. 그만큼 동서양을 막론하고 여자들의 수다가 시끄럽다는 것을 뜻한다.

레베카나 그녀의 친구들 또한 마찬가지였다.

더욱이 갓 고등학교를 졸업하고 대학에 입학을 한 새내기들이 아닌가.

아직은 다 자란 성인처럼 정신적으로 성숙되지 못했고, 그렇다고 마냥 어린 소녀들도 아니다. 때로는 소녀처럼, 때로는 숙녀처럼 오락가락하는 시기의 여자들일 뿐이다.

그런 여자 네 명을 혼자서 감당한다는 것은 여간 곤혹스러운 일이 아니다.

그럼에도 수현은 전혀 귀찮아하는 기색 없이 그녀들의 이야기를 들어주었다.

여자들은 대게 자신의 말에 귀 기울여 주는 남자에게 호감을 느낀다.

하물며 수현은 그냥 남자가 아니라 대스타다.

그것도 이들이 관심을 갖고 추종하는 스타 말이다.

그런 우상과도 같은 수현이 자신들의 이야기를 들어주니 네 사람의 가슴속에 더 깊이 자리를 잡았다.

"오늘 기분이 좀 울적했는데, 너희들 덕분에 모두 털어낼 수 있었어. 정말 고마워."

"정말이요?"

"그래. 실은 내가 좋아하던 여성이 오늘 결혼식을 했거든."

수현은 마음속에 묻어둔 답답함을 누군가에게 털어놓고 싶어져 이야기를 꺼냈다.

만약 이곳이 한국이었다면, 그리고 이야기를 나누고 있는 이들이 한국인이었다면 아마 이야기를 꺼내진 않았을 것이다.

그랬다가는 어떤 일이 벌어질지 이미 한 번 혹독하게 겪었기 때문이다.

하지만 우연히 해변에서 만나 팬 미팅 아닌 팬 미팅을 갖게 된 수현은 스스로도 놀랄 만큼 마음속 이야기를 털어놓았다.

비록 이들이 나이는 어리지만, 자신을 배려해 주는 모습에 닫아놓은 마음의 빗장이 풀린 것이다. 어찌 보면 더없이 순수한 모습에 어디 가서 이야기를 떠벌리지는 않을 거란 믿음도 한몫했다.

"비록 그녀는 나보다 나이가 많았지만…… 음, 동양에서는 보편적으로 남자가 나이가 많은 편이거든."

수현은 눈을 동그랗게 뜨고 자신을 쳐다보는 네 여자에게 한국의 보편적인 정서에 관해 설명을 하고 다시 이야기를 이어 나갔다.

"로열 가드의 팬 카페에 가입되었다고 하니, 내가 어떻게 연예계에 들어오게 된 것인지는 이미 알고 있지?"

"네. 톱스타 최유진 씨의 보디가드를 하다 모델로 캐스팅되었다고 들었어요."

역시나 수현 바라기답게 레베카에게서 술술 말이 풀려 나왔다.

"응, 그것도 맞는데… 사실 유진 누나의 도움이 무척이나 컸어."

잠시 이야기를 멈춘 수현은 당시 기억을 떠올려 보았다.

직장을 잃고 전 여자 친구였던 안선혜의 사주로 린치를 당할 뻔한 일, 오히려 그들을 역관광시킨 일, 안선혜를 찾아간 일⋯⋯.

이후 더 이상 도발을 하지 않는다는 조건으로 합의를 하고 거리를 걷다 동기인 대성을 만난 일, 그의 소개로 톱스타인 최유진의 경호원이 된 일과, 그녀의 경호원이 되면서 듣고 본 일들이 하나둘 떠올랐다.

그런 기억들이 새록새록 떠오르자 수현은 자신도 모르게 입가에 미소를 떠올렸다.

'아!'

수현이 이야기를 하다 말고 조용히 미소를 짓자 레베카와 친구들은 순간 자신도 모르게 감탄성을 터트렸다.

남자의 미소가 이렇게나 매력적일 수 있다는 것을 지금껏 단 한 번도 생각해 본 적이 없었다.

할리우드에도 잘생긴 미남 배우나 스타들은 많다.

그들 중 미소가 아름답다고 매력적이라 알려진 스타들도 종종 신문이나 인터넷을 통해 올라온다.

하지만 레베카와 그 친구들은 지금 자신들이 보고 있는 수현의 미소가 세상 그 무엇보다 더 매력적이라 생각했다.

"…그렇게 친구의 소개로 동경하던 스타의 경호원이 되어 정말 무척이나 좋았어."

작게 혼잣말처럼 중얼거리면서도 수현의 입가에 맺힌 미소는 지워지지 않았다. 떠올리는 것만으로도 기분 좋게 만드는 존재. 그게 수현에게는 바로 최유진이라는 여인이었다.

"그녀가 이혼을 한다고 했을 때는 무척이나 안타까웠고,

또 한편으로는 그녀가 힘들어할 때 옆에서 도와줄 수 있는 것에 감사했지. 또……."

수현은 당시 자신이 느낀 감정에 대해 마치 고해성사를 하듯 계속해서 말을 이어 나갔다.

그런 수현의 깊은 고백에 레베카를 비롯한 레지나와 크리스틴, 그리고 메건은 아무 말도 못한 채 조용히 듣고만 있었다. 마치 입을 열어 말을 했다가는 깨져 버린 유리잔처럼 되돌릴 수 없는 일이 벌어질 것만 같았다.

또한 그녀들은 지금까지 한 번도 스타가 자신의 이야기를 진솔하게 털어놓는 것을 들어본 적이 없었다. 그런데 지금, 자신들이 좋아하는 수현이 말하는 내용은 자신들이 평소 이성에 대해 갖고 있는 고민과 하나 다르지 않았다.

수현이 꿈속의 왕자님이 아닌, 현실에서 부딪치는 한 사람의 남자라는 생각에 더욱 가슴이 두근거렸다.

그래서 더욱 수현의 이야기에 빠져들 수밖에 없었다.

"그런데… 그녀가 오늘 재혼을 했어."

"아……."

수현의 말이 떨어지기 무섭게 그녀들은 자신도 모르게 안타까움에 탄성을 질렀다.

담담하게 말하는 태도와 다르게, 그 말을 듣는 순간 수현

의 가슴 시린 슬픔을 너무나도 절절히 느끼게 된 탓이었다.

"힘들었겠네요."

"괜찮아요?"

"힘내요."

어느새 수현의 이야기에 동화되었는지, 그녀들은 눈물이 그렁그렁 맺힌 얼굴로 위로의 말을 하였다.

"응. 하지만 이제는 괜찮아. 피로연장을 나올 때만 해도 조금 힘들었는데, 스카이라인을 달리면서 조금 마음이 괜찮아졌어. 또 이곳 그레이 웨일 코브 스테이트 비치에서 서핑을 하면서 다 날려 버렸어. 그리고……."

수현은 잠시 말을 끊더니 레베카와 친구들 한 명, 한 명 얼굴을 보며 눈을 마주치고는 빙그레 미소를 지으며 이야기를 계속했다.

"생각지 못한 곳에서 나를 좋아해 주는 팬을 만나 이제는 기분이 너무 좋아졌어."

수현의 마지막으로 말에 레베카와 친구들의 얼굴이 붉게 물들었다.

그렇지 않겠는가. 좋아하고 동경하는 스타가 자신들을 만나 기분이 좋다는데 어느 팬이 기분이 좋지 않겠는가. 더욱이 그는 너무도 잘생기고 매력 넘치는 존재이지 않은가.

"우리가 더 좋았어요. 사실 대학에 입학한 지 얼마 되지 않아 학교생활에 적응하는 것이 힘들었거든요."

레베카는 수현의 솔직한 고백을 듣고 자신 역시 진실을 마주 대하기로 결심했다. 그러자 너무도 쉽게 오늘 이곳에 친구들과 놀러오게 된 경위를 털어놓을 수 있었다.

아까 수현을 만나 대화를 하는 도중 잠깐 언급을 하기는 했지만, 그때는 동경하던 스타를 만난 것에 너무 흥분해 두서없이 이야기를 꺼냈다.

하지만 지금은 수현의 이야기를 들으며 어느 정도 흥분을 가라앉히고 적응하여 편하게 이야기를 꺼낼 수 있었다.

"얘네들은 제가 학교생활에 스트레스를 받는 것을 알고, 제 기분을 풀어주기 위해 이곳으로 데려와 준 고마운 친구들이에요."

자신들을 보며 부끄러운 듯이 감사해하는 레베카의 말에 레지나가 퉁명스럽게 한마디를 내뱉었다.

"고마운 줄 알면 아침에 좀 일찍 일어나."

"맞아. 지각 대장 레베카."

크리스틴과 메건도 갑작스런 칭찬에 부끄러운지 야유를

보냈다.

그런 그녀들의 모습에 수현은 문득 자신에게 이렇게 허심 탄회하게 이야기를 나눌 수 있는 친구가 있는가 떠올려 보았다.

고등학교를 다닐 때는 그런 친구들이 여럿 있었지만, 시간이 지나 나이를 먹어가면서 점차 소원해졌다. 더군다나 몇몇 친구들과는 연예계 데뷔를 하면서 연락이 아예 끊겼다.

"음, 혹시 우리가 뭐 잘못한 것 있나요?"

쑥스러운 마음에 친구들과 장난을 치던 레베카는 문득 수현의 표정이 굳어 있는 것을 보고 조심스럽게 물었다.

"아니, 그런 것 아니야. 그냥 너희들 모습이 너무 부러워서."

수현은 전혀 숨김없이 레베카와 친구들에게서 느껴지는 독독한 우정을 이야기하였다.

연예인이 되면서 주변에서 듣게 되는 말 중에 가장 먼저 듣는 것이 주변 사람들을 조심하라는 말이다.

즉, 스캔들이나 루머는 주로 해당 연예인의 측근들에게서 비롯되는 경우가 많기에 그런 말이 나온 것이다.

수현도 연예인이 되면서 예전 친구들을 만나게 되었는데,

그런 기미가 보이는 이들이 몇 명 눈에 띄면서 더 이상 연락이 와도 받지를 않게 되었다.

그러다 보니 자연스럽게 친구들과의 관계도 끊어졌다.

그러니 레베카와 그 친구들이 아무런 허물 없이 허심탄회하게 서로의 이야기를 하며 놀리는 모습이 새삼 부러웠던 것이다.

"아, 벌써 시간이 이렇게 되었네."

"아쉽다. 헤어지기 싫은데……."

끝나지 않는 연회란 없다고 했던가. 우연히 만난 팬과 스타의 관계이지만, 이들의 만남도 헤어질 시간이 다가왔다.

그러자 레베카는 무척 아쉬워했다.

그도 그럴 것이, 그녀에게 언제 또 이런 행운이 또 오겠는가. 아쉬운 마음에 그녀는 저도 모르게 솔직한 감상을 털어놨다.

아쉬워하는 레베카를 보며 수현이 담담하게 말을 꺼냈다.

"동양 속담에 회자정리라는 말이 있어."

"회자정리요? 그게 무슨 말이죠?"

레베카로서는 한 번도 들어보지 못한 말이었다.

"만남이 있으면 헤어짐도 있다는 뜻이야. 그리고 거자필반이란 말도 있지."

"……."

"거자필반이란 말은 그와 반대로 헤어진 사람은 언젠가는 다시 만나게 된다는 이야기야."

"아, 그렇구나. 그럼 우리 다음에 또 만날 수 있는 거죠?"

이번에는 레베카가 아닌 레지나가 물었다.

사실 그녀 역시도 레베카 못지않은, 로열 가드의 열렬한 팬이었다.

그런 그녀이기에 로열 가드의 리더, 수현과의 헤어짐은 진한 아쉬움이 남았다.

그런데 수현이 또다시 만나게 될 거란 뜻의 단어를 언급하자 저도 모르게 기대를 하게 되었다.

"그래. 기회가 된다면… 그때는 내가 너희들을 초대할게."

수현은 너무도 아쉬워하는 레지나의 모습에 빙그레 웃고는 다음 기회에 다시 볼 것을 약속을 하였다.

"네, 꼭이에요!"

"그래. 오늘은 시간이 늦었으니 차가 있는 곳까지 함께 가자.”

이미 레베카에게 차를 가져왔다는 이야기를 들었기에 수현은 그녀들을 바래다주기로 하였다.

혹시나 예전 메이링이 그런 것처럼 누군가에게 납치를 당한다거나, 혹은 나쁜 일을 겪을 수도 있기에 보호자를 자처한 것이다. 자고로 사람의 앞일이란 누구도 모르는 게 아닌가.

“역시 수현은 기사단장이란 닉네임이 잘 어울려요.”

수현이 무엇 때문에 그런 말을 한 것인지 깨달은 크리스틴이 고마워했다.

그렇게 수현과 네 미녀는 레베카의 차가 주차되어 있는 주차장으로 향했다.

주차장으로 가면서도 그녀들은 수현을 둘러싸고 끊임없이 재잘거렸다.

하지만 수현은 그런 네 미녀가 전혀 귀찮지 않았다.

*   *   *

털썩.

레베카와 그 친구들을 배웅하고 모텔로 돌아온 수현은 방에 들어서자마자 침대에 몸을 던졌다.

그 상태 그대로 오늘 있은 일들에 대해 떠올려 보았다.

친한 누나, 사랑했던 누나가 재혼을 하였다.

이제 마흔이 된 그녀이지만, 하얀 웨딩드레스를 입은 모습은 무척이나 아름다웠다.

그 모습을 본 직후, 수현은 자신이 그렇게 쿨한 남자는 아니란 것을 깨달았다.

처음 최유진의 재혼 소식을 들었을 때도 큰 충격을 먹었다.

곧 정신을 차리고 그녀의 재혼을 축하하기 위해 미국에 왔다.

하지만 막상 최유진이 자신이 아닌 다른 남자에게 환한 미소를 짓고 있는 모습을 보자 자신의 본심을 숨길 수가 없었다. 결혼 축하를 위한다는 것은 다 거짓말이었다.

또한 더욱 비참해지는 일이라는 걸 알면서도 인정하지 않고 최유진에게 다가갔다.

그러나 이미 최유진의 마음속에 자신이 들어갈 자리는 없었다.

최유진은 다른 남자에게서 자신의 상처를 치유받으며 행복해했다.

그녀가 자신이 아닌 다른 남자에게서 행복을 찾았다는 사실을 깨닫자 수현은 더 이상 그 자리에 남아 있을 수 없었다.

그동안 자신이 얼마나 오만했는지, 얼마나 이기적인 생각에만 빠져 있었는지 알고 나자 그곳에 있는 것이 너무도 괴로웠다.

결국 도망치듯 그곳을 나와 버렸다. 그런 자신을 걱정하는 이소진이나 다른 사람의 입장은 전혀 생각지 않고 본능대로 행동한 것이다.

그러다 캘리포니아 주 고속도로 순찰대를 만나 이곳 그레이 웨일 코브 스테이트 비치를 소개받았다.

그레이 웨일 코브 스테이트 비치는 과연 추천을 받을 만한 장소였다.

기분 전환을 위해 즉흥적으로 오게 된 것이지만, 참으로 마음에 들었다.

맑은 공기와 시원한 파도는 절로 감탄을 자아냈다. 피서철의 해운대처럼 인간으로 뒤덮인 해변이 아닌, 적당한 사람들이 찾아 즐기는, 마치 영화에서나 나올 법한 낭만적인 해변이었다.

이왕 찾아온 김에 즐기자는 마음으로 서핑도 했다. 수현은 서핑을 하면서 스포츠가 자신과 잘 맞는다고 느꼈다. 몸을 움직이는 데 집중하다 보니, 몇 시간 전만 해도 머릿속을 가득 채우고 있던 배신감과 비참함 등을 훌훌 털어버릴 수 있었다.

그뿐만이 아니다. 우연히 마주친 팬들과의 만남은 수현에게 많은 힘을 주었다.

자신의 팬이라며 초롱초롱한 눈빛을 보내오던 레베카는 전에도 만난 적이 있었다.

로열 가드가 필리핀에서 화보를 촬영할 당시, 수현은 쓰나미의 징조를 미리 알아차리고 주변에 있던 관광객들에게 대피를 경고했다. 그때, 레베카의 가족도 수현의 도움으로 위험을 피할 수 있었다.

그때의 일은 그것으로 끝이 아니었다. 안전한 곳에서 대피하고 있던 수현과 일행들은 건물 밖에서 들려오는 구조 요청에 망설이지 않고 나섰다. 급류에 휩쓸려 가는 사람을 구하러 직접 물에 뛰어든 수현의 모습은 사람들에게 영웅이라 불리며 칭송되었다.

그 상황을 옆에서 직접 본 레베카는 물론이고, 우연히 그 소식을 뉴스로 접한 로열 가드에 흥미를 가지고 있던 사람들도…… 특히 10대와 20대 여성들이 수현과 로열 가드의 팬으로 유입되었다.

그렇게 수현과 로열 가드는 일약 세계적인 스타로 이름을 떨치게 되었다.

그 당시 현장에 있던 소녀가 시간이 지나 여성이 되어 나타났다.

레베카와 친구들은 수현이 세계적인 스타임에도 거부감 없이 대해주었다. 스타가 아닌 한 명의 사람으로 봐주며 편하게 웃고 떠드는 그녀들의 모습에 수현은 오늘 자신이 가진 부정적인 감정을 떨쳐 낼 수 있었다.

한 스타는 팬에게 큰 영향을 줄 수 있다.

하지만 그와 반대로 한 명의 팬이 스타에게 큰 영향을 주기도 한다는 것을 새삼 깨닫게 되었다.

"아!"

문득 수현은 오늘 느낀 감정들을 음악으로 표현하고 싶다는 생각이 들었다.

그래서 바로 자리에서 일어나 메모지가 놓인 테이블로 향했다.

그 앞에서 잠시 눈을 감고 오늘 최유진의 결혼식장에서 느낀 감정을 떠올렸다.

허전함과 쓸쓸함, 그녀의 환한 미소를 보았을 때의 배신감, 그리고 뒤늦게 그 모든 것이 자신이 이기심에서 비롯된 감정이란 것을 깨달았을 때의 비참함이 떠올랐다.

그런 감정들이 머릿속에 떠오르자 그것들을 음표로 바꿔 보았다. 그러자 신기하게도 머릿속에 운율이 흘렀다.

한 번 떠오르기 시작한 악상은 쉽게 사라지지 않았다.

수현은 정신없이 머릿속을 울리는 운율을 가슴으로 느끼며 손으로는 악보를 그려 나갔다.

하나가 끝나면 또 다른 감정이 떠오르며 자연스럽게 감정에 어울리는 음악이 머릿속을 떠다녔다.

마치 자신이 주크박스가 되어 감정이라는 코인을 넣을 때마다 원하는 음악 재생시키는 것 같았다.

수현은 귀신에 홀린 듯이 그 자리에서 여러 편의 곡을 썼다.

모든 감정을 쏟아내고 더 이상 머릿속에서 음악이 들리지 않게 되자 비로소 눈을 떴다. 그러고는 자신이 그려놓은 악보를 보았다.

"아……."

작은 메모장이지만, 자신이 생각한 음악이 그대로 옮겨져 있었다.

처음으로 혼자 작곡을 한 것이기에 느낌이 색달랐다.

아직 완벽한 곡은 아니지만, 자신이 작곡한 악보가 제대로 만들어졌는지 확인을 하고 싶었다.

조잡하지만 스마트폰에 깔려 있는 작곡 어플에 악보를 입력하고 재생시켰다.

아직 가사는 없기에 멜로디만 흘러나왔다.

한 번 쭉 듣고 나니, 처음 곡의 느낌이 머릿속에 떠올랐을 때와 비슷하기는 하면서도 미묘하게 다른 부분이 있었다.

수현은 그런 부분을 확인하기 위해 몇 번이고 어플을 재생하였다.

그렇게 고치고, 듣고, 또다시 미진한 부분을 고쳐 나가기를 얼마나 했을까. 수현은 시간이 가는 줄도 모른 채 자신이 작업한 곡을 완성해 나갔다.

띠링!

갑자기 머릿속에 알람이 울렸다.

수현은 그 울림이 어디선가 들어본 듯하다는 생각을 했다.

이상하게 신경이 쓰인 수현은 하던 작업을 멈추고 알람의 정체에 대해 고민하기 시작했다.

'어?'

그러다 문득 떠오르는 것이 있었다.

바로 시스템의 알림 소리였다.

한동안 울리지 않던 알림이 무엇에 반응한 것인지 궁금해졌다.

처음 군대에서 낙뢰 사고를 당한 뒤 불가사의한 능력을 가지게 되었다.

게임 시스템이 자신의 몸에 적용된 것이다.

그 뒤로 무슨 일만 하면 띠링띠링― 하며 알람이 울렸다.

그러던 것이 연예계에 데뷔하고 2년 차에 들어서는 뜸해지기 시작했다.

처음에는 수시로 울리는 소리가 신경 쓰였다.

하지만 그것도 자주 듣다 보니 익숙해지면서 감흥이 없어졌다.

연예계에 데뷔를 하면서 일이 많아지고, 또 가수뿐만 아니라 광고 모델과 연기까지 하게 되면서 정말이지 정신이 없어서 알림에 대해 생각할 겨를이 없었다.

그 정도로 수현이 소화해 내는 스케줄의 양은 어마어마했다. 만약 평범한 사람이었다면 그 엄청난 스케줄로 인해 진즉 병원에 입원했을 것이다.

그렇지만 수현은 일반인이 아니다. 게임 시스템으로 인해 레벨업과 함께 주어진 스탯 포인트로 인해 초인이 되어 있었다.

그러니 일반인이라면 진즉에 나가떨어졌을 만한 어마어마한 스케줄에도 지치지 않고 왕성한 활동을 할 수 있었다.

신체적 능력뿐만 아니라 정신력 또한 월등하였기에 가능한 일이었다.

신체적으로 뛰어난 이들은 수현 말고도 많다.

물론 수현의 신체 능력과 비교를 하면 말이 안 되겠지만, 체력적으로는 일반인보다 뛰어난 연예인이 많은 것은 사실이다.

그도 그럴 것이, 본인들도 소화해야 할 스케줄이 많다는 것을 스스로 알고 있다.

하루에도 몇 천만 원이 왔다 갔다 하는 스케줄을 하다 보니, 자칫 펑크라도 나게 되면 그 위약금도 그에 버금갈 정도로 많았다.

그리고 위약금뿐만 아니라 한 번 스케줄을 펑크 내게 되면 신뢰를 잃어 찾는 사람도 없고, 인식도 나빠지기에 페이도 줄어든다.

그러니 연예인들은 자신의 건강에도 각별히 신경을 쓰고 고액의 개인 트레이너를 고용해 관리를 받기도 한다.

그럼에도 불구하고 종종 연예인들이 과로로 병원에 실려 갔다는 뉴스를 볼 수 있다.

일반인보다 뛰어난 체력과 체계적인 관리를 받으면서도 과로로 쓰러지는 것은 바로 정신력이 조화를 이루지 못했기 때문이다.

과중한 일로 인해 쌓이는 스트레스를 해소하기 위해선 높은 정신력이 필요하다.

정신력이 과중한 스케줄을 버티지 못하면, 신체가 더 이상 스트레스를 이기지 못하고 무너지는 것이다.

그 결과가 바로 과로로 인한 혼절이다.

하지만 수현은 그런 일이 한 번도 없었다.

이는 남다른 신체 능력뿐만 아니라 정신력까지 일반인의 배 이상으로 높기 때문에 과중한 스케줄에도 수현이 아무런 이상 없이 활동을 할 수 있는 비밀이다.

그런 수현의 정신력과 신체 능력을 올려준 시스템의 알림 소리는 뭔가 특별한 일이 있음을 알리는 신호였기에 그 소리가 울리는 것이 기분 좋았다.

'뭐지? 상태창 오픈.'

아무도 보는 사람은 없지만, 괜히 입 밖으로 소리를 냈다가는 다른 사람에게 자신의 비밀을 들킬 수도 있다는 생각에 무의식적으로 속으로 상태창을 열었다.

띠링!

캐릭터 정보

이름: 정수현
직업: 모델, 연예인, 사업가, 요리사, '초보 작곡가(상급)'

오랜만에 자신의 상태창을 열어본 수현은 한 번 쓰윽 흝어본 뒤, 조금 전 알람이 울렸을 만한 조건에 맞는 항목이 무엇인가 곰곰이 생각을 했다.

그러다 문득 직업에 '초보 작곡가'라고 표기가 된 것이 눈에 띄었다.

그고 그럴 것이, '내가 방금 소리를 냈어요'라고 하듯 존재감을 드러내며 깜박이고 있었기 때문이다.

그런데 특이한 것은, 초보 작곡가라고 표시가 되었음에도 그 뒤에 괄호 안에 상급이라고 쓰여 있다는 것이다.

초보면 초보이지, 왜 괜히 괄호까지 쳐서 상급이라고 표기를 했는지 이해가 가지 않았다.

저 상급이란 표시가 초보자 중에서 상급에 속하는 건지,

처음 작곡을 했음에도 작곡가로서의 능력이 상급이라는 건지 도무지 알 수가 없었다.

'무엇 때문에 저런 표시가 되어 있는 거지?'

시스템이란 것이 참으로 불가사의한 것이지만, 때로는 직관적으로 유저에게 알려준다. 그렇기에 수현은 망설임 없이 '초보 작곡가(상급)'이란 것에 정신을 집중했다.

정신을 집중하자 마치 모니터에 마우스 커서를 가져다 댄 것처럼 '초보 작곡가(상급)'에 대한 설명이 나오기 시작했다.

― 처음으로 작곡을 완성한 초보 작곡가. 하지만 감정의 극대화로 인해 작곡가로서 각성한 상태에서 곡을 만들었다. 각성으로 인해 중간 단계를 건너뛰고 작곡 능력이 상급에 이르렀다. 다만, 아직 대중에게 검증을 받지 못했기에 등급 업은 유보한다.

"아……."

그저 마음이 가는 대로 행했을 뿐인데, 초급에 불과하던 작곡 재능이 상급에 이른 것이다.

물론, 내용을 보면 아직 대중의 검증을 받지 못했기에 정식 재능으로 등급이 오르지는 않았지만, 오늘 작곡한 곡으로 음반을 내면 등급 업이 될 것이다.

작곡 능력이 초급에서 상급으로 뛰어넘었으니 왜 아니 기쁘겠는가. 그런데 수현의 눈길을 끄는 것은 그것만이 아니었다.

자신의 상태창 가장 하단에 반짝이는 문구가 보였다.

— 지능과 정신의 스탯 총합이 150을 넘겼습니다. 그로 인해 인생 게임, 스타 라이프의 Phase 1이 종료되고, Phase 2를 진행합니다. Phase 2는 업데이트 완료 후 활성화됩니다.

— Phase 2의 업데이트 소요 시간 10시간.

— Phase 1의 종료까지 남은 시간 1분, 59초, 58초…….

'어?'

"지금까지가 Phase 1이고, 곧 Phase 2의 업데이트를 시작한다고?"

보통 게임을 보면 초기 버전인 Phase 1에서 Phase 2로 넘어가게 되면 시스템의 기능이 확장한다.

스타라이프

내용을 보니 자신의 몸에 적용된 인생 게임, 스타 라이프
도 비슷할 것이라 생각되었다.

 그렇게 된다면 지금보다 더 능력이 늘어나게 된다는 소리
가 아닌가.

 수현이 그런 생각을 할 때, 갑자기 눈앞에 깜깜해졌다.

 마치 갑자기 조명을 끈 것처럼 모든 것이 블랙아웃되며
수현은 정신을 잃었다.

Chapter 6

인생 게임, 스타 라이프 Phase 2

짹짹, 짹짹.

철썩, 철썩.

날이 밝았다. 그레이 웨일 코브 스테이트 비치가 한눈에 내다보이는 그린 벨리의 모텔에도 아침의 기운이 몰려왔다.

모텔 방바닥에 기절해 쓰러져 있던 수현도 이름 모를 새 소리와 파도 소리에 점점 정신을 차리기 시작했다.

"으으……."

밀려드는 두통에 수현은 왼손으로 머리를 짚으며 일어났다.

"으, 머리야……."

머리에서 느껴지는 두통은 마치 군대를 가기 전 위로 파티에서 술을 진탕 마시고 다음 날 숙취로 고생했던 때를 연상시켰다.

수현은 군대에서 사고를 당하고 난 뒤, 시스템이 적용되면서 남다른 신체를 가진 뒤로는 단 한 번도 숙취를 겪어보지 못했다.

왕성한 신진대사로 인해 알코올이 몸속으로 들어가자마자 분해되었기 때문이다.

그렇게 8년여를 숙취와는 상관없는 생활을 하다 보니, 그와 비슷한 두통에 도통 적응이 되지를 않았다.

"우욱!"

급기야 수현은 헛구역질을 하기 시작했다.

하지만 먹은 것이 별로 없기에 나오는 것은 없고, 계속해서 헛구역질만 하였다.

"으아, 죽겠네."

덜컹, 탁.

도저히 참을 수 없던 수현은 헛구역질과 함께 심한 갈증이 나자 냉장고에서 생수를 꺼내 마셨다.

벌컥벌컥.

"하아."

차가운 생수가 몸속으로 들어가자 그제야 조금 살 것 같다는 기분이 들었다.

"어제 그건 뭐였지?"

정신이 조금 돌아오자 수현은 어제 자신이 기절하기 전 마지막으로 보았던 것을 떠올렸다.

"분명 Phase 2로 넘어간다 했지."

수현은 어제 자신이 마지막으로 본 광경을 떠올리며, 자신의 짐작을 확인하기 위해 상태창을 열었다.

"상태창 오픈."

아직 정신을 차린 지 얼마 되지 않았기 때문인가, 수현은 어젯밤만 해도 혹시라도 누가 들을까 봐 속으로 외치던 것을 그냥 입 밖으로 냈다.

띠링!

— 업데이트 진행률 98%, 98.1%, 98.2%…….

Phase 2의 업데이트가 완료되지 않았다.

"아직 시간이 남았네."

수현은 어젯밤 Phase 1이 종료되면서 그대로 방바닥에 쓰러진 탓에 온몸이 지저분했다.

더욱이 기절한 뒤 방바닥에서 그대로 잠이 든 탓에 여기저기 구겨져 있는 옷도 갈아입어야만 했다.

모텔 주차장으로 가 차에서 갈아입을 옷을 꺼내 침대 한쪽에 놓고 화장실로 들어갔다.

어제 모텔에 투숙할 때 간단한 세면도구를 사 왔기에 굳이 모텔에 비치된 싸구려 비품을 사용할 필요는 없었다.

쏴아아아.

샤워기에서 차가운 물이 쏟아지자 수현은 주저 없이 샤워를 하였다.

사고 후에 적응한 시스템이 어떻게 바뀔지 몰라 조금 두렵기도 하지만, 어차피 이제 자신이 할 수 있는 것은 아무것도 없다는 것을 알기에 편하게 마음을 먹기로 했다.

생각을 굳히자 수현은 그리 두렵지 않았다.

처음에는 혹시나 지금까지 가지고 있던 능력들이 사라지면 어떻게 하나 하는 걱정도 있었지만, 달리 생각하면 Phase 1이 Phase 2로 업데이트되는 것이니 게임 시스템이 사라지는 것은 아니란 생각이 들었다.

확신이 들자 걱정은 사라지고 마음 한편에 기대감이 생기면서 수현은 빠르게 안정을 되찾았다.

그런 후, 수현의 행보는 여느 때와 다르지 않았다.

스타일라이프

샤워를 마치고 모텔 한쪽에 자리한 식당에 가서 이른 아침을 먹었다.

식당에는 사람이 그리 많지 않았다.

트럭 기사로 보이는 작업복 차림의 남성과 출근길에 아침을 해결하기 위해 들른 것인지 정장을 걸친 젊은 남녀, 그리고 그들에게 음식을 서빙하는 웨이트리스와 바텐더만이 있었다.

"좋은 아침입니다."

수현이 빈자리에 앉자 웨이트리스가 다가와 밝은 미소로 인사를 건넸다.

"네, 좋은 아침입니다."

수현도 밝게 웃으며 마주 인사를 하였다.

"무엇을 도와드릴까요?"

"제가 이곳은 처음이라… 무엇이 됩니까?"

수현은 솔직하게 물었다.

그러자 웨이트레스는 더욱 진한 미소로 대답을 했다.

"보통은 커피와 도넛을 시키십니다. 아니면 따뜻한 차와 샌드위치, 그리고 프렌치 프라이드를 함께 시키기도 해요."

이른 시간에 빠르고 간단하게 먹을 수 있는 식단이었다.

"그럼 차와 샌드위치, 그리고 프렌치 프라이드로 주세요."

커피와 도넛으로 아침을 해결하기는 너무 기름지고 달 것 같아서 수현은 두 번째 메뉴를 주문했다.

"네, 알겠습니다."

"아, 생수도 하나 가져다주세요."

"네, 알겠습니다."

주문을 모두 받은 웨이트리스는 다시 한 번 미소를 지으며 인사를 하더니, 주방으로 다가가 주문을 넣었다.

"홀에 따뜻한 차와 샌드위치, 그리고 프렌치 프라이드 하나요."

주문을 마친 웨이트리스는 자신의 자리에 가서 앉았다.

더 이상 주문을 받을 손님이 없기 때문이다.

수현은 창밖으로 시선을 돌렸다.

창문 너머로 그레이 웨일 코브 스테이트 비치가 한눈에 들어왔다.

이른 아침부터 갈매기들이 먹이를 찾아 하늘을 날고, 파도는 하얀 포말을 일으키며 해변으로 다가와 부서졌다.

평화롭고 느긋한 해변 풍경과는 다르게 분주하게 움직이는 사람도 보였다.

그들은 그레이 웨일 코브 스테이트 비치에서 장사를 하는 이들이었다.

스트레이트

손님이 몰려들기 전에 자리를 잡기 위해 이른 아침부터 나와 준비를 하는 것이다.

그런 사람들의 모습을 보게 되자, 수현은 조금 웃기다는 생각이 들었다.

저들은 어제도, 또 그제도 그랬을 것이다.

뿐만 아니라 작년의 오늘도, 재작년의 오늘도 지금처럼 분주하게 준비를 했을 것을 생각하니, 어제 그렇게나 자신이 고민하던 것들이 다 부질없다는 생각이 들었다.

어제 최유진의 결혼식장에서 겪은 진한 아픔과 고립감 등은 지금에 와선 단 하나의 조각도 남아 있지 않았다.

언젠가 한 번 경험을 해본 것 같다는 느낌에 잠시 숙고에 들어갔다.

수현은 군대에 입대한 지 얼마 지나서 않아서 경험한 첫 실연 때와 비슷하다는 생각이 들었다.

애인이던 안선혜가 연락도 없이 찾아와 연예인이 되겠다면서 일방적으로 이별 통보를 해왔을 때, 수현은 정신을 차릴 수 없을 정도로 아팠다.

하지만 그런 고민은 그날 밤 근무를 서다 낙뢰 사고라는 더 큰 문제가 터지면서 머릿속 한구석에 밀려 잊혀졌다.

그런데 그때의 경험과 비슷한 경험을 어제 다시 겪게 되었다.

나이를 떠나 서로 통하고 있다고 여기고, 또 여론이 좋아지면 다시 함께할 수 있을 것이라고 믿은 최유진이 불과 1년 만에 자신 아닌 다른 남자의 품으로 떠났다.

처음에는 배신감도 들었다. 겉으로는 축하해 주겠다면서 찾은 결혼식장이지만, 마음 한편으로는 '최유진도 여전히 자신에게 마음이 있을 것이다' 라는 생각을 하고 있었다.

하지만 뒤늦게 그게 혼자만의 지레짐작임을 깨닫고, 최유진은 홀로 앞서 나간 것이란 현실을 깨닫고 부끄러운 마음에 식장을 빠져나왔다.

뒤늦게 모든 감정을 털어냈지만, 직접 사과를 하기에는 너무도 멀리 온 것을 깨달았다.

자신 때문에 좋은 자리를 망칠 수는 없는 노릇이라 나중에 시간이 지나면 사과하기로 하고, 지금은 이곳 그레이 웨일 코브 스테이트 비치에 머물기로 마음먹었다.

즉흥적으로 내린 선택이지만, 수현은 해변을 보면서 후회하지 않았다.

아니, 오히려 이곳에서 하루를 머문 것은 아주 잘한 선택이란 생각이 들었다.

그도 그럴 것이, 지금까지 답보 상태였던 작곡 능력이 향상되었다.

처음으로 다른 사람이 아닌 본인의 힘만으로 작곡을 하였고, 또 의도한 바는 아니지만 시스템도 Phase 1에서 Phase 2로 넘어가게 되었다.

Phase 2가 되면 무엇이 어떻게 바뀔지는 모르겠지만, 현재로서는 기대감이 더 컸다.

"주문하신 음식 나왔습니다."

수현이 한창 생각에 잠겨 있을 때, 어느새 다가온 웨이트리스가 주문한 음식들을 테이블에 내려놓았다.

탁, 탁, 탁.

"맛있게 드세요."

웨이트리스는 다시 한 번 수현에게 미소를 보이고는 자리로 돌아갔다.

*　　　*　　　*

〔캐릭터 정보〕

이름: 정수현

직업: 종합 엔터테이너, 사업가, 요리사, 무도가, 작곡가…(중략)…….

레벨: 69

경험치: 99.817% (＊ Phase 2로 넘어가면서 Phase 1의 한계로 적용되지 않은 경험치가 소급 적용됩니다.)

특기: 무도(M ＊ Phase 2로 넘어가면서 태권도 외 세 종 이상의 무술을 마스터 레벨까지 수련하였기에 각종 무술을 통합하여 무도로 표기함)

언어 능력(M ＊ Phase 2로 넘어가면서 외국어 항목이 인구 1천만 이상이 사용하는 언어 10개국 이상 외국어를 상급 이상으로 습득을 하였기에 언어 능력으로 변경됨. 100명 이상이 공통으로 사용하는 언어 습득률 200% 향상)

요리(M ＊ Phase 2로 넘어가면서…….)

아침 식사를 마치고 방으로 돌아온 수현은 인생 게임, 스타 라이프의 Phase 2 업데이트가 끝났음을 전하는 알람이 울리자 상태창을 열고 어떻게 변했는지 살폈다.

그렇게 상태창을 살피던 수현의 눈에 가장 먼저 들어온 것은 직업란이었다.

모델과 연예인 등으로 나뉘어 있던 항목이 종합 엔터테이너로 통합되었고, 태권도 사범을 그만두면서 사라진 항목도 무도가라는 이름으로 등기되었다.

그리고 직업란 중에서 수현의 눈을 가장 *끄*는 것은 바로 작곡가였다.

초보 작곡가라고 적혀 있던 것이 이제는 작곡가라고만 적혀 있었다.

'아!'

이전에야 연습으로 몇 곡 만들어본 적은 있지만, 그때는 초보 작곡가라는 것도 올라가지 않았다.

그런데 어제 무의식 상태에서 몇 곡 작곡한 것 덕분에 초보 작곡가(상급)이란 직업을 얻더니, Phase 2로 넘어가면서 온전한 작곡가로 재탄생한 것이다.

그밖에도 Phase 1에서는 보이지 않던 직업들이 여럿 나열되었지만, 그런 것은 수현의 눈길을 끌지 못했다.

뿐만 아니라 Phase 2로 업데이트되면서 특기 사항도 많이 바뀌었다.

카테고리에 있던 여러 특기들이 비슷한 것들끼리 통합되면서 부가 효과를 내게 되었다.

예를 들어 태권도, 유도 등 나열되어 있던 무술들이

Phase 2로 넘어오면서 가장 큰 카테고리인 무도로 통합되었다.

그것도 레벨이 무려 마스터 레벨이다.

앞으로 수현이 새로운 무술을 배우게 된다면, 중급부터 시작해 빠르게 상급을 지나 마스터 레벨이 될 것이다.

무도만 그런 것이 아니었다.

외국어 능력은 언어 능력으로 상향되었으며, 이전에는 그저 수현이 뛰어난 지능으로 외국어를 익혔다면, 이제는 새로운 언어를 습득할 때 마치 게임에서 버프를 받는 것처럼 부가 효과를 보게 되었다.

이렇게 Phase 1과 차이를 보이는 Phase 2의 내용에 수현은 연신 놀랄 수밖에 없었다.

그것만으로도 충분히 놀라울 정도인데, 그 밑으로 신체 능력이나 재능을 살 수 있는 포인트도 레벨이 오르면서 열아홉 개나 받았다.

그렇지만 수현은 당분간 포인트를 사용하지 않을 생각이다.

예전 김정만의 정글 라이프에 출연하게 되면서 포인트를 유용하게 사용한 경험이 있다 보니, 언제 어떤 재능이 필요할지 모르니 당장은 남겨두려는 것이었다.

더욱이 당시 포인트를 사용해 얻은 요리의 재능은 중국에서 사업을 하는 기반이 되어주었다.

그러니 굳이 급하게 재능 포인트를 사용할 이유가 없었다.

"지금도 괴물이라 불리는데, 이러다 정말로 괴물이 되는 것은 아닌가 모르겠네."

상태창을 살피던 수현은 자신도 모르게 중얼거렸다.

아닌 게 아니라, 늘어난 스텟이나 능력들의 변화는 수현이 막연하게 상상하던 것 이상으로 업그레이드되어 있었다.

"흠, 바뀐 것이 더 좋아졌으니, 어디 한 번 어떻게 좋아졌는지 볼까?"

Phase 2로 업데이트되면서 어떻게 좋아졌는지 직접 확인해 보기로 마음먹은 수현은 가시적으로 확인할 수 있는 것이 무엇이 있을까 살펴보았다.

시험 대상으로는 작곡 능력이 적당할 것 같았다. Phase 1에서는 그저 초보 작곡가였던 것이 Phase 2로 넘어가면서 작곡가라는 직업을 획득했다.

그것도 초급이나 중급의 재능이 아닌, 상급 레벨의 작곡 능력을 가진 작곡가 말이다.

작곡 상급 재능을 가지게 된 수현은 어젯밤 자신이 작곡한 메모를 살폈다.

상급으로 재능이 바뀌면서 메모에 적힌 곡은 어젯밤 확인한 것과는 다르게 느껴졌다.

머릿속에 떠올린 운율과 적어놓은 곡이 조금 다르게 느껴진 것이다.

어젯밤만 해도 완벽하게 편곡했다고 여겼는데, 재능이 상급으로 바뀐 지금은 그렇지 않다는 것을 바로 알 수 있었다.

부족하다 싶어 보충한 것은 조금 과했고, 인트로와 클라이맥스를 연결하는 브리지 부분에서 미숙한 부분이 보였다.

참으로 신기한 경험이 아닐 수 없었다.

어젯밤 메모에 적은 곡을 보며 정말로 자신이 만든 것이 맞는가 의심이 될 정도로 잘 만들었다고 생각한 곡이 아침이 되자 이렇게 엉성해 보일 수가 없었다.

그런 마음이 들자 수현은 바로 부족한 부분을 수정하기 시작했다.

인트로 부분에는 과하지 않으면서도 청자들의 귀를 확 잡아끌 수 있게 고치고, 브리지 또한 곡에 깊게 빠져들며 공감할 수 있게 조절하였다.

다른 부분을 절정에 맞춰서 손을 보니 굳이 고치지 않아도 충분히 몰입할 수 있었고, 엔딩에서는 절정에서 끌어 올린 감정을 추스르게 만들었다.

"어디 한 번 들어볼까?"

다시 한 번 편곡을 마치고 스마트폰 어플로 실행을 해보았다.

미디엄 템포로 흘러나오는 곡은 귀에 착 감겼다.

스마트폰에서 울리는 운율은 어제 작곡을 하면서 느낀 감정을 다시 한 번 떠올리게 만들었다.

그 때문인지 수현은 자신도 모르게 두 눈에 눈물이 고였다.

어플에서 흘러나오는 곡은 실연의 아픔이 그대로 이입되어 있었기에 수현이 잊고 싶던 그때의 기억을 떠올리게 했다.

*   *   *

수현은 하루를 더 그레이 웨일 코브 스테이트 비치에 있는 모텔에 머물렀다.

어제 만든 곡들을 다시 재점검하면서 편곡을 하다 보니 체크아웃 시간이 오버되었다.

수현은 하루 투숙하는 데 겨우 100달러 정도 되는 모텔 비용이 부담될 정도로 가난하지도 않을뿐더러 하던 곡 작업의 완성을 미루는 것이 싫어 하루 더 연장을 했다.

　그렇게 완성된 곡은 여섯 곡으로, 모두 마음에 들었다.

　곡이 완성되자 수현은 바로 한국에 있는 전창걸에게 연락을 했다.

　수현은 몇 달 전에 입은 부상 때문에 올 연말까지는 치유를 겸한 휴가를 잡아놓은 상태다.

　그렇지만 다른 로열 가드 멤버들은 한창 활동 중에 있어 총괄 매니저인 전창걸도 상당히 바빴다.

　그런데다 수현과 통화를 하고 난 후, 그의 일은 더욱 늘어났다.

　그도 그럴 것이, 수현이 자신이 작곡한 곡 여섯 개를 보내주었기 때문이다.

　처음에는 작곡 초보인 수현이 곡을 여섯 개나 만들었다는 소리에 기막혀 했다.

　휴가를 주었더니 엉뚱한 소리를 한다고 생각했기 때문이다.

　수현이 지금까지 많은 능력들을 보여주었지만, 작곡은 또 그런 것과는 다른 영역의 재능이다.

스타라이트

무엇보다 수현은 작곡과 비슷한 그 어떤 교육도 받아본 적이 없었다.

아니, 데뷔하기 전에 그저 맛보기 코스로 몇 시간 진행을 하고 넘어갔다.

킹덤 엔터에서 준비하고 있는 남자 아이돌 그룹의 선발이 워낙 급했기에 수현에게 많은 시간을 줄 수가 없었다.

더욱이 수현은 당시 나이도 20대 중반으로 접어드는 시기였다.

즉, 아이돌로 데뷔하기에 상당히 늦은 때였단 소리다.

보통 10대 중후반에 데뷔를 하는 것에 비해 7~8년이나 늦었다.

그러니 수현에게 많은 시간을 줄 수 없고, 준비된 다른 데뷔반 아이들은 거의 마무리된 상태였기에 킹덤 엔터에서 배울 시간이 부족했다.

그런데 되는 놈은 무엇을 해도 된다고 했던가.

수현은 킹덤 엔터와 계약한 지 몇 달 지나지도 않아 아이돌 그룹에 합류하여 데뷔가 확정됐다.

그러다 보니 데뷔에 관한 준비만으로도 정신이 없어 작곡에 대해 자세히 배울 시간도 없었다.

그런데 느닷없이 전화를 하여 배워본 적도 없는 작곡을

했다고 하니, 기가 막힐 수밖에 없는 것이다.

수현이 절대 빈말이나 허언을 하지 않는다는 것 또한 잘 알고 있는 전창걸이기에 수현이 작곡했다는 곡을 들어보았다.

물론, 작곡은 초보라 생각해 별로 기대를 하지는 않았다.

하지만 얼마 지나지 않아 수현이 보내준 곡을 들던 전창걸은 느긋함을 유지하지 못했다.

초보가 작곡했다고 하기에는 완성도가 높을 뿐만 아니라 곡 자체가 너무도 좋았다.

물론 아이돌이 쓰기에는 적합하지 않았다. 아니, 곡을 들은 전창걸은 아이돌 그룹의 곡으로는 쓰기 아깝다는 생각이 들어 수현에게 잠시 두고 보자고 제안했다.

자신이 혼자 결정하기에는 곡이 너무도 좋았다. 전창걸은 이재명 사장이나 김재원 전무와 의논해 볼 테니 조금 기다려 달라 했다.

비록 가사는 아직 없지만, 10여 년을 연예 기획사에서 매니저를 해온 전창걸이 판단하기에 곡은 충분히 가치가 있었다.

만약 발매된다면 충분히 손익 분기점을 넘고도 남을 것 같았다.

누가 부르느냐에 따라 명곡이라 불릴 수도 있을 만한 곡이었기 때문이다.

그런 전창걸의 호언장담에 수현은 그냥 작곡가 협회에 저작권 등록만 부탁했다.

수현이 그런 부탁을 한 이유는 자신이 만든 곡을 다른 사람에게 줄 생각이 없기 때문이다.

자신은 전문 작곡가가 아니다. 그저 자신이 느낀 감정을 그대로 곡으로 옮긴 것이기에 스스로 부르고 싶을 뿐이다.

물론, 나중에 가면 또 어떻게 상황이 변할지 모르겠지만, 현재로서는 자신이 작곡한 곡을 직접 불러보고 싶을 뿐이다.

게다가 인생 게임, 스타 라이프 Phase 2로 시스템이 업데이트되면서 수현의 음악적 재능은 더욱더 높아졌다.

아니, 이제는 음악 재능이 아닌, 예술 재능으로 업그레이드되었기에 수현은 노래에 담겨 있는 의미와 작곡가가 표현하고자 하는 것을 다른 누구보다도 완벽하게 재현해 낼 수 있게 되었다.

다른 곡에서도 완벽하게 감정 표현을 할 수 있게 되었는데, 자신이 작곡한 곡을 본인이 부르고 싶은 마음이야 오죽하겠는가.

더군다나 모처럼 Phase 2가 되었지만, 현재 수현은 공식적으로 노래를 부를 수가 없었다.

현재는 총상의 후유증이 있을지 모르기에 그 치유를 이유로 로열 가드의 컴백에도 빠지고 홀로 휴식을 하고 있는 중이다.

그러니 노래를 부르지 못하는 마음이 이런 식으로 작용한 것인지도 모를 일이었다.

수현은 당장 노래할 수 없다는 아쉬움을 뒤로하며 전창걸에게 작곡가 협회에 자신의 곡 등록을 부탁했다.

또한 이왕 미국까지 온 것, 최유진의 결혼식이 끝났다고 해서 바로 한국으로 돌아가지 않고 좀 더 여행을 해보기로 결정을 했다.

그동안 해외 공연으로 외국에 나간 적은 많지만, 스케줄이 아닌 여행을 하기 위해 외국에 나온 적은 없기 때문이다.

이렇게 기회가 생기니 굳이 바로 한국에 돌아가고픈 생각이 없어졌다.

미국을 여행하면서 느낀 것을 어제처럼 곡으로 만들어보는 것도 좋을 것 같아 여행의 목적을 정했다.

Chapter 7

해변에서

로스앤젤레스.

짧게 줄여 LA라 불리며 미국에서 뉴욕 다음가는 대도시
로, 한국에서는 미국 프로 야구단인 LA 다저스가 자리하
고 있는 도시로 많이들 알고 있다.

패서디나, 컬버시티, 잉글우드, 산타 모니카, 롱비치 등
의 위성도시를 포함하면 인구수가 700만이 넘는 거대 도
시다.

사실 LA는 처음부터 미국의 땅은 아니었다.

1781년, 스페인 사람들이 마을을 만들면서 처음에는 스
페인의 식민지였다.

얼마 지나지 않아 스페인에서 독립한 멕시코의 손에 넘어갔다가 약 30년 후인 1846년에 다시 미국령이 되었다.

물론, 그때는 지금처럼 거대 도시가 아닌, 1천 명 정도의 작은 타운 정도에 지나지 않았다.

그러던 것이 19세기 말부터 농업이 발전하고, 그것을 발판으로 도시가 발전하기 시작했다. 1891년에는 석유가 분출되면서 대규모 유전 개발이 이루어지고, 1914년 파나마 운하의 개통으로 해운의 발달, 할리우드를 중심으로 한 영화 산업의 발전과 교통로 확충에 따른 관광객과 휴양객의 증가로 도시가 급속도로 발전하게 되었다.

그리고 철도와 고속도로, 항공로가 집중되어 육상과 항공 교통에 있어서는 태평양 연안 남부 지역의 중심지이기도 했다.

LA는 아름다운 해안 풍경을 포함한 풍부한 자연의 경승지로, 관광지로서 중요한 몫을 하고 있으며, 수많은 오락과 행락 시설도 갖추어져 있다.

캘리포니아 주립대를 비롯한 10여 개의 주요 대학 및 자연 역사박물관, 미술 박물관, 경기장과 뮤직 센터를 본거지로 하는 LA 필하모니 관현악단도 있어 이를 찾는 관광객이나 유학을 오는 학생들도 많다.

미국에서 가장 많은 한국 교포가 살고 있는 곳 또한 바로 이곳 LA다.

그 때문에 1976년 한국은 미국의 독립 200주년을 기념해 '우정의 종'을 기증하기도 했다.

LA 북서부에는 할리우드, 비벌리힐스에 광대한 영화 스튜디오가 있다. 영화배우는 물론이고, 유명 인사들이 사는 고급 주택가도 있어 영화 산업이 쇠퇴한 뒤에도 아직도 많은 관광객이 이곳을 찾는다.

그레이 웨일 코브 스테이트 비치에 위치한 모텔에서 이틀을 머문 수현이 그곳을 떠나 도착한 도시는 바로 LA였다.

수현에게 가장 익숙한 미국의 도시가 바로 LA이기도 해 이곳으로 온 것이다.

예전 한국인의 날 행사로 와보았을 뿐 아니라 당시 신인이던 로열 가드에게 열광해 주던 사람들의 모습이 생각나 본격적인 자신의 음악 여행의 첫 시작점으로 이곳 LA를 선택하였다.

LA에 도착한 수현은 먼저 숙소를 정했는데, 호텔을 이용할까 하다 그냥 렌트 하우스에서 지내기로 마음먹었다.

일주일간 머물 계획으로 하루 500달러씩, 총 3,500달러에 비버리힐스 인근의 렌트 하우스를 임대하였다.

물론 그 비용은 집을 빌리는 가격이지, 전기나 가스, 물 등은 사용한 만큼 따로 계산을 해야 한다.

첫날은 집 주변의 지리를 살피는 것으로 하루를 보냈다.

본격적인 LA 탐방은 이튿날부터였다.

역시 미국의 대도시라 그런지, LA는 서울과 그 느낌이 확연히 달랐다.

물론, LA 중심가는 서울과 비슷한 면이 조금은 있지만, 외각으로 조금만 나오면 넓은 땅 때문인지 시원시원한 풍경이 펼쳐져 있었다.

어제까지 머물던 샌프란시스코와를 또 다른 느낌이기에 수현에게는 새로운 경험을 안겨주었다.

"하, 좋네!"

한국이나 주변 아시아 국가에서는 톱스타로서 주변의 시선을 신경 써야 할 일이 많았는데, 이곳에서는 그런 걱정 없이 돌아다닐 수 있어 매우 편했다.

물론, 종종 수현을 알아보는 사람들이 있기는 했지만, 그들 대부분은 현지 사람들이 아니라 아시아에서 온 관광객이었다.

때문에 관광을 하다 말고 팬들이 다가오면 멈추고 사인과 사진을 찍어줬다.

자신을 좋아해 주는 사람들이기에 수현은 전혀 거부감 없이 그들의 요구에 호응을 해주었다.

그럴 때면 종종 모르는 외국인이 다가와 수현의 직업을 물어보기도 했는데, 수현이 한국에서 온 연예인이라고 하면 눈을 반짝이며 친근감을 표시했다.

그런데 이들의 방식은 아시아의 팬들과는 그 반응이 달랐다.

아시아에서 온 사람들은 수현을 알아보든 아니든 일단 연예인이라고 하면 적극적으로 달라붙어 사인과 함께 사진 찍기를 원했다.

그에 비해 서양인들은 수현의 정체를 알았을 때 사인을 요구하기는 하지만 동양인들에 비해 적극적이지는 않았다.

마치 '사인 좀 해줘. 딱히 안 해줘도 상관은 없어'라는 듯한 느낌이었다.

그런 서양인들의 모습은 수현에게는 색다른 느낌으로 다가왔다.

물론, 어디에나 예외가 있기는 하다.

동양인 중에도 서양인들처럼 수현을 대하는 사람도 있는가 하면, 서양인이면서 마치 아시아의 스타에 빠진 팬마냥 적극적으로 사인과 사진을 요구하는 사람도 있었다.

그런 서양인들은 대개 수현과 로열 가드에 대해 잘 알고, 그들의 음악에 빠진 팬들이었다.

그렇게 자신을 알아보는 팬들을 만났을 때면, 수현은 저도 모르게 어깨에 힘이 들어갔다.

낯선 곳에서 자신을 알아봐 주는 사람이 있다는 것에 심적으로 안정감이 들어 그런 것이다.

셋째 날은 LA 이곳저곳을 관광을 하며 돌아다녔다.

넷째 날에는 샌프란시스코 그레이 웨일 코브 스테이트 비치에서 배운 서핑 보드를 탈 생각으로 해변으로 향했다.

LA에서 파도타기로 유명한 곳은 바로 말리부다.

휴양지로도 유명하지만, 세계적인 스타나 부호들이 그곳에 비싼 별장들을 소유한 것으로도 유명한 곳이다.

수현도 말리부에 도착해서는 그런 생각을 하였다.

언젠가는 자신도 세계적인 스타가 되면 이곳에 별장과 개인 해변을 가지고 싶다는 생각 말이다.

사실 현재 수현이 벌어들이고 있는 금액이라면 당장에라도 이곳 말리부에 있는 별장을 살 수 있었다.

물론, 개인 해변이 낀 별장은 무리겠지만 말이다.

강남의 빌딩에서 들어오는 임대 수입과 킹덤 엔터에서 나오는 정산금, 그리고 메이링 등과 함께 공동 투자를 한 황찬에서 벌어들이는 수익이 생각보다 많았다.

다만, 황찬에서 발생하는 수익 대부분은 지점을 늘리는 데 투자가 되고 있어 그리 많은 금액이 수현의 통장에 들어오는 것은 아니었지만.

그럼에도 수현의 재산은 지금도 차곡차곡 쌓이고 있었다.

"좋네."

서핑을 하기 위해 슈트로 갈아입은 수현은 보드를 빌려 바다로 나갔다.

처음 배워본 서핑이지만, 이미 그 매력에 흠뻑 빠진 수현은 한국으로 돌아가면 개인 보드를 사기로 결심했다.

이제 막 시작한 여행이고, 이동도 자주 해야 하기에 지금 서핑 보드를 산다는 것은 불필요한 짐을 늘리는 행위였다.

촤악.

파도를 가르며 보드 위에서 손을 담그고 파도를 느끼는 심정은 이루 말할 수 없는 가슴 벅찬 만족감을 선사해 주었다.

세상의 모든 것을 집어삼킬 것 같은 파도를 타고, 파도가 만들어낸 터널을 통과할 때면, 마치 다른 세상으로 가는 듯한 느낌이 들어 무척이나 신선했다.

그래서 수현은 큰 파도가 올 때마다 이를 피하지 않고 파도타기에 도전하였다.

물론, 아무리 뛰어난 신체 능력을 가지고 있는 수현이라 해도 매번 멋들어지게 파도타기를 성공하는 것은 아니었다.

파도를 타기 직전에 보드를 짚고 일어나 중심을 잡아야 하는데, 이게 말처럼 쉬운 동작이 아닌 것이다.

땅에 고정된 것이 아니라 물 위에 떠 있는 상태에서 순간 적으로 일어나 중심을 잡아야 하는 일이기에 쉽지 않았다.

때문에 살짝이라도 중심이 어긋나면 보드가 기울어 물에 빠지기도 했다.

그렇지만 수현은 그것도 좋았다.

작은 실수로 바다에 빠져도, 이 또한 즐거움을 주었다.

군대에서 낙뢰 사고 이후, 인생 게임, 스타 라이프가 몸 에 적용되면서 늘어난 신체 능력으로 인해 그동안 수현은 승승장구해 왔다.

남들보다 뛰어난 힘과 민첩성, 그리고 지능으로 인해 못 하는 것이 없는 만능 슈퍼맨이 된 것 같은 착각에 빠져 있 었다.

그런 자신이 이렇게 경험 부족으로 파도를 타는 것에 실 패하자, 수현은 아무리 신체 능력이 슈퍼맨에 가깝게 되어 도 숙달하지 않으면 숙련된 일반인보다 못할 수도 있다는 것을 깨달았다.

뛰어난 능력으로 인해 배우는 속도가 빠른 것뿐이지, 결국엔 다른 사람과 다르지 않다는 것을 깨달은 수현은 세상이 또 다르게 보였다.

와아!

끼룩끼룩.

촤악.

파도 너머로 들리는 사람들의 환호 소리, 그리고 하늘 위에 떠 있는 갈매기 울음소리 등…… 주변에서 들려오는 소리들이 어지러운 소음이 아닌, 귀를 울리는 하나의 음악으로 변했다.

'아!'

마치 소설 속에서 주인공이 별것 아닌 일상 속에서 깨달음을 얻어 새로운 경지에 들어서는 것마냥 수현은 주변의 달라진 변화에 놀랐다.

눈에 들어오는 풍경은 변함이 없지만, 수현의 머리로, 아니, 가슴속으로 느껴지는 감각이 달라졌음을 깨달았다.

그러면서 느닷없이 머릿속에 악상이 떠오르기 시작했다.

수현은 그 감각을 잊지 않기 위해 빠르게 해변으로 나갔다.

　　　　＊　　　　＊　　　　＊

　급하게 해변으로 돌아온 수현은 서둘러 휴대폰을 꺼내 그
곳에 작곡을 하기 시작했다.

　띠, 띠리릭, 띠띠.

　핸드폰의 자판을 마치 컴퓨터 키보드 두드리듯 빠르게 치
며 수현이 터치를 할 때마다 음표가 그려졌다.

　4일 전, 그레이 웨일 코브 스테이트 비치의 모텔에서 작
업한 곡이 수현의 복잡한 심사에 의한 아련하고 어리숙한
감상이라면 방금 작업한 곡은 그런 것과는 느낌부터가 달랐
다.

　보다 성숙하고, 또 보다 더 자유로운, 그러면서도 힘이
느껴지는 곡이었다.

　완성도를 따진다면 그레이 웨일 코브 스테이트 비치에서
만든 곡보다도 완성도가 높은 곡이었다.

　이는 아마도 수현에게 적용된 시스템이 Phase 2로 진
화된 영향 때문인 것 같다.

　물론, 모텔에서 만든 곡도 시스템이 업그레이드된 뒤 보
완을 했다고는 하지만, 작곡의 기본이 된 것은 수현이

Phase 1에 머물러 있을 때 느낀 감정이다.

그러다 보니 한계가 정해져 있던 곡이다.

더욱이 작곡을 할 당시, 수현의 작곡 실력은 초보에 지나지 않았다.

깨달음으로 인해 상급에 달하는 곡을 만들기는 했지만, 부족한 것도 많았다.

그에 비해 방금 전에 만든 곡은 비슷하게 깨달음으로 인해 작업한 곡이지만, 그 출발부터 다르다 보니 만들어진 결과물도 3일 전에 만든 곡과는 전혀 다르게 향상된 퀄리티로 나올 수밖에 없는 것이다.

수현은 방금 만든 곡이 어떤지 들어보기 위해 어플을 실행시켰다.

둥둥, 탁, 디리링.

무거운 음이 흘러나오다 그것을 끊는 듯한 날카로운 소리가 들리고, 뒤이어 파도 소리와도 같은 음과 그 사이사이에 섞인 갈매기 울음소리 등…… 마치 이곳 말리부 해변을 떠올리게 만드는 시원한 음악이 휴대폰 스피커에서 흘러나왔다.

'괜찮네.'

수현은 눈을 감고 휴대폰에서 들려오는 곡에 집중했다.

그러다 저도 모르게 리듬을 타기 시작했다.

수현은 눈을 감고 있어 알지 못했지만, 휴대폰에서 음악 소리가 흘러나오고 얼마 지나지 않아 주변으로 사람들이 모여들기 시작했다.

처음에는 파도 소리와 비슷해 잘 인지하지 못하던 사람들이 시간이 지나면서 수현의 휴대폰에서 흘러나오는 음악 소리에 이끌려 다가온 것이다.

도로롱, 탁.

마침내 음악이 끝나고 주변에 수현은 눈을 떴다.

그런데 아직 해가 지려면 한참이나 남았음에도 불구하고, 어두워진 주변 모습에 놀라고 말았다.

'어? 뭐지?'

깜짝 놀란 수현이 주변을 돌아보니, 많은 사람들이 자신을 둘러싼 채 주시하고 있는 것을 보고는 놀랐다.

"헤이!"

그때, 누군가가 수현을 부르며 다가왔다.

건장한 체격에 근육이 잘 발달된 상체를 드러내고 있는 흑인 남성과 조금 더 덩치가 큰 남자 두 명이 함께 수현에게 다가오는 중이다.

"방금 그거, 누구 노래지?"

처음 수현에게 말을 건 흑인 남성은 방금 휴대폰에서 들린 곡이 연주곡이 아닌, 가사가 있는 곡이라 판단을 했다.

"누구?"

수현은 자신에게 말을 걸어온 흑인 남성을 보며 물었다.

"아, 미안."

그는 바로 사과를 하더니, 선글라스를 벗으며 자신을 소개했다.

"난 존 존스라고 해."

자신을 존 존스라고 소개한 남자는 뜬금없이 악수를 청했다.

수현은 그런 난데없는 행동에 멍하니 손을 맞잡으며 악수를 했다.

"반갑습니다. 전 수현 정이라고 합니다."

상대의 소개에 수현도 덩달아 자신을 이름을 밝혔다.

"뭐야? 날 모르는 거야?"

자신을 존 존스라고 소개한 남자는 수현이 자신의 이름을 듣고도 별다른 반응을 하지 않자 불쾌하다는 듯 소리쳤다.

"존, 진정해. 넌 아직 이곳 LA에서나 좀 이름을 알린 것뿐이지, 아직 네 지명도가 전국으로 퍼진 것은 아니야."

존 존스가 흥분을 하려는 것 같아 보이자 함께 있던 남성이 그를 진정시켰다.

'아티스트인가?'

비록 수현으로서는 처음 들어본 이름이지만, 상대의 반응을 보니 어느 정도 인지도가 있는 아티스트 같았다.

그저 껄렁한 동네 건달 같아 보여도 미국이란 나라가 갱과 힙합 아티스트의 경계가 모호하니 조용히 그가 하는 행동을 지켜보았다.

"제길, 이번 앨범이 잘돼서 꽤 유명해진 줄 알았는데, 그것도 아니잖아!"

존 존스는 동료의 말에 작게 투덜거리다 다시 수현에게 시선을 돌리고 말했다.

"미안. 너 관광객이냐?"

"맞아. 난 한국에서 왔어."

"어쩐지. OK, 그렇다면 스트레이트로 말할게."

존 존스는 자신을 몰라본 수현의 상황에 쉽게 수긍했다.

그런 뒤, 그가 다이렉트로 본론을 이야기하려 하자 수현은 잠자코 이야기를 들어보기로 하였다.

"방금 그 곡 마음에 드는데, 그거 누가 부른 노래지?"

분명 가사는 듣지 못했지만, 존 존스는 확신했다.

방금 전에 들은 곡은 가사가 입혀져야 비로소 완성되는

곡이었다.

물론, 가사 없이 들어도 꽤나 완성도가 높은 곡인 것은 분명했다.

그렇지만 그가 듣기에는 가사가 입혀지면 더욱 훌륭한 곡이 될 것이란 생각이 들었고, 그 곡에 자신이 직접 가사를 붙여보고 싶은 욕심이 생겼다.

만약 이미 발매가 된 곡이라면 자신이 리메이크를 해서라도 부르고 싶었다.

"그건 무슨 이유로 물어보는 거지?"

수현은 처음에는 윽박지르듯 이야기를 하던 그가 눈을 반짝이며 자신의 곡에 관심을 보이자 고개를 갸웃했다.

"이유? 아티스트가 곡에 대해 물어보는 것에 이유가 있나? 당연히 노래의 주인을 알고 싶어 그러지."

존 존스는 별거 아니란 듯 이야기를 하였다.

"발매가 된 곡이라면 내가 리메이크를 해보고 싶은데, 누구 곡인지 알 수 있을까?"

리메이크를 해서라도 부르고 싶다는 그의 말에 수현은 잠시 생각을 해보았다.

방금 전 갑작스럽게 영감을 받아 곡을 만들기는 했지만, 사실 이 곡은 자신이 속한 로열 가드의 곡으로는 맞지 않는 곡이다.

아니, 아이돌 그룹이 부르기에 적합하지 않다는 것이 더 맞을 것이다.

아무리 좋은 노래라 해도 그룹이 지향하는 컬러와 맞지 않으면 성공을 할 수가 없다.

그 말은 솔로로 활동하는 가수가 부르기에 적합한 곡이란 소리다.

물론, 편곡을 통해 그룹이 부를 수는 있다.

하지만 그렇게 되면 처음 곡이 만들어졌을 때의 완성도보다 떨어지게 된다.

수현은 다시 한 번 눈앞에 있는 존 존스란 남자를 보았다.

그러고는 뭔가 결심을 한 듯 입을 열었다.

"아직 발매된 곡이 아니야. 이 곡은 방금 전에 내가 만들었어."

"뭐?"

말이 끝나기 무섭게 존 존스는 물론이고, 그와 함께 온 사내들도 모두 놀란 눈으로 수현을 쳐다보았다.

그들이 보기에 이제 겨우 10대 후반에서 많아봐야 20대 초반인 듯한 수현이 방금 전 곡을 만들었다는 말에 놀랄 수밖에 없었다.

존 존스와 그의 일행은 LA에서 활동을 하고 있는 가수와 레이블의 직원들이다.

작업을 마치고 휴식을 겸해 말리부를 찾은 이들은 해변을 걷다 귀를 자극하는 곡에 이끌려 이곳으로 오게 된 것이다.

사실 현재 작업하고 있는 앨범에 쓰일 타이틀곡이 자꾸만 미뤄지고 있어 스트레스가 이만저만이 아니었다.

무려 30만 달러나 주고 작곡을 의뢰하였는데, 만들어진 곡들이 하나같이 마음에 들지 않았다.

존 존스와 그의 레이블은 이번에야말로 LA라는 지역의 한계를 넘어 전국구 스타가 되겠다는 욕심에 이번 앨범에 많은 돈을 투자했다.

서브 곡들의 작업은 모두 마쳤지만, 킬링 아이템이 될 타이틀곡이 완성되지 않았다.

그렇게 스트레스를 받다 머리를 식힐 겸 온 말리부에서 자신의 서브 곡들과도 잘 맞으며, 완성도 또한 수준급인 곡을 우연히 듣고 그게 누구의 곡인지 궁금해져 찾아왔다.

존 존스는 자신이 찾던 이미지와 꼭 들어맞는 느낌에 무조건 부르고 말겠다는 욕망에 빠져 버렸다.

그래서 수현에게 주인이 있다면 노래를 리메이크를 해서

라도 부르고 싶다는 마음을 숨기지 않고 어필했다.

그런데 자신이 짐작한 것과 달리 어려 보이는 청년이 방금 전에 직접 만든 곡이라고 하니 놀라지 않을 수 없었다.

"그래? 그럼 나에게 그 곡을 팔아. 비싸게 사 줄게! 내가 꼭 부르고 싶어!"

존 존스는 눈을 크게 뜨고 수현에게 한 걸음 다가서며 큰 소리로 요청했다.

모르는 사람이 보면 그가 수현을 위협하는 것으로 보일 정도였다.

실제로 존 존스는 내켜하지 않는 수현을 보고 위협을 해서라도 곡을 꼭 얻고 싶었다.

물론 그는 그렇게 하지 않았다.

다만, 자신이 방금 전에 들은 곡을 가사를 붙여 부르고 싶다는 감정을 숨기지 않고 피력했을 뿐이다.

"나도 가수이기에 당신의 감정을 이해해. 그렇지만……."

수현은 지금 존 존스의 상태가 어떤지 짐작할 수 있었다.

그렇다 해도 자신이 만든 곡을 함부로 아무에게나 줄 생각도 없었다.

존 존스는 자신이 이곳 LA에서는 유명하다고 말하고 있지만, 수현으로서는 전혀 들어보지 못한 이름이었다.

즉, 현재로서는 자신과 비슷한 존재일 뿐이다.

일정 지역에서는 유명하지만, 그곳을 벗어난 지역에서는 아직 이름이 알려지지 않은, 그런 가수 말이다.

어떻게 보면 존 존스보단 수현이 더 낫다고 볼 수 있었다.

비록 아시아와 일부 마니아들만이 알고 있다고 하지만, 수현은 그래도 한국은 물론이고, 세계적으로 이름이 알려진 아이돌 그룹의 리더이지 않은가.

"뭐? 너도 가수였어? 이름이 뭔데?"

존 존스는 수현의 말에 고개를 갸웃거리며 물었다.

"난 로열 가드라는 그룹에서 활동을 하고 있다. 지금은 몸이 조금 좋지 못해 휴식 겸 관광을 하러 이곳에 왔어."

"로열 가드? 그게 뭐지?"

존 존스는 한 번 더 고개를 갸웃거렸다.

그 역시 전혀 들어보지 못한 이름이었기 때문이다.

그런데 그때, 누군가 존 존스를 부르며 다가왔다.

"킹 존! 킹 존 맞죠?"

트렁크 수영복을 입은 20대 금발의 백인 남성과 비슷한 나이로 보이는 빨강 머리에 노란색 비키니를 입은 여자였다.

남자는 존 존스의 별명인 '킹 존'을 연호하며 눈을 반짝였다.

이야기 도중 팬의 난입에 존 존스는 입가에 미소를 지어 보이며 어깨를 으쓱했다.

그도 그럴 것이, 수현의 곡이 마음에 들어 그것을 얻으려고 설득하는 중에 팬이 다가온 것이다. 그 모습에 수현이 뭔가 반응을 보이지 않을까 생각했기 때문이다.

실제로도 수현은 존 존스를 알아본 남성 팬이 눈을 반짝이며 다가오는 것에 놀랐다.

자신은 존 존스의 이름을 들어보지 못했지만, 생각보다 그의 인기가 대단하다는 것을 알 수 있었기 때문이다.

하지만 그것도 잠시, 방금 수현이 느낀 감정을 존 존스도 똑같이 겪게 되었다.

그게 어떻게 된 일인가 하면, 바로 존 존스를 연호하는 남자의 애인인 듯한 여자가 수현을 돌아보고는 조금 전에 놀란 것 이상으로 흥분을 한 탓이었다.

"어머, 수현! 수현 맞죠? 로열 가드의 수현 맞죠?"

여자의 호들갑에 그녀의 남자 친구가 놀라 황당하다는 듯이 수현을 바라보았다.

그리고 그건 팬의 연호에 한창 기분이 좋아지던 존 존스와 그의 동료들 또한 마찬가지였다.

'이 사람, 유명한 가수인가? 그런데 왜 나는 이름도 들어보지 못한 것이지?'

존 존스와 그의 동료들은 여자의 흥분한 모습에 궁금해하며 조용히 수현을 돌아보았다.

"메기, 무슨 일이야? 이 사람도 유명한 사람이야?"

남자는 여자 친구가 흥분한 모습에 조심스럽게 물었다.

"제이크, 내가 전에 이야기했지? 내가 K—POP 마니아라고!"

메기는 남자 친구의 질문에 흥분을 감추지 않고 말을 쏟아냈다.

하지만 이야기를 하면서도 그녀의 눈은 수현에게서 떨어지지 않았다.

그런 여자 친구의 모습에 질투가 날 만도 하지만, 제이크는 담담했다. 남자인 그가 보기에도 수현은 남다른 외모를 갖고 있었다. 마치 그리스 조각상을 보듯 너무도 잘생기고 몸매 또한 잘 빠졌다.

"전에 말했잖아. 비스티나 압솔루트 말하는 거지?"

제이크는 전에 들어본 K—POP 아이돌 그룹을 열거

했다.

"물론 그들의 노래도 좋기는 하지만, 최고는 바로 로열 가드야."

"로열 가드? 아, 로열 가드! '폭풍 속으로'와 '남자의 길'. 나도 알아. 얼마 전에 컴백해서 활동 중이라고……."

"맞아. 그리고 로열 가드의 리더인 수현은 노래만 잘하는 것이 아니라 연기도 얼마나 잘한다고!"

메기는 마치 자신의 애인이나 가족을 소개하듯 수현에 대해 자세히 설명을 늘어놓았다.

"전에 자기도 나랑 같이 봤잖아. '전쟁의 신 : 아레스' 말이야."

"아, 전쟁의 신! 이제 생각났어. 전쟁의 신 말고 울프독에도 나왔었잖아. 그때는 주연은 아니지만 정말 멋있었어."

"맞아. 가디언에 나오는 케빈 코스트보다 경호원 역할이 더 멋지게 잘 어울렸지."

제이크와 메기는 수현에 관해 열띤 이야기를 주고받았다.

그런 두 사람의 이야기를 듣고 있던 존 존스와 그의 동료들은 조금 전 자신들과 이야기를 하던 수현을 다시금 보게되었다.

자신들이 비록 이름을 들어보진 못했지만, 수현이 생각보다 거물이라는 것을 알게 되었기 때문이다.

"수현, 여긴 어쩐 일이에요? 얼마 전에 총에 맞았다는데, 괜찮아요?"

메기는 제이크와 이야기를 나누다 말고 수현을 돌아보며 물었다.

그런 메기의 물음에 존 존스는 다시 한 번 놀라고 말았다.

총을 맞았다는 이야기에 움찔한 것이다.

미국은 한 시간에도 몇 건씩 총으로 인한 사고가 발생하는 나라다.

그리고 얼마 전에도 총기 난사 사건이 발생해 사회적으로 큰 문제를 야기했다.

수현은 자신도 모르게 오른쪽 옆구리의 상처를 살짝 만졌다.

그런 수현의 움직임에 존 존스도 우연히 그 모습을 보게 되었다.

딱 봐도 평범한 흉터는 아니었다.

"괜찮아요. 그래서 지금 휴식 겸 여행을 왔어요."

수현은 메기를 보며 빙그레 미소를 지어 보였다.

미국에 와서 자신을 걱정해 주는 팬을 벌써 두 번이나 만나게 되자 수현은 기분이 너무도 좋았다.

아직 로열 가드는 미국에서 본격적으로 활동을 하지 않았다.

내년이나 내후년 정도에 미국을 비롯한 유럽 지역으로 진출하려는 계획만 가지고 있을 뿐이었다.

그럼에도 자신의 소식을 놓치지 않고 접하며 걱정해 주는 현지 팬을 두 번이나 만난 것이다.

"정말이지, 그놈은 수현이 무슨 잘못을 했다고 그런 짓을 한 것인지……."

메기는 수현이 총에 맞았다는 뉴스를 접했을 때의 감정이 되살아난 듯 안타까워하며 총을 쏜 왕푸첸에 대한 욕을 늘어놓았다.

"하하하, 전 괜찮아요. 진정하세요."

자신을 걱정하는 팬의 모습에 절로 기분이 좋아진 수현은 흥분하는 메기를 진정시켰다.

"어머, 이를 어째!"

자신이 너무 흥분했다는 것을 깨달은 메기는 그제야 얼굴을 붉히며 부끄러워했다.

하지만 자신이 동경하던 스타를 만났다는 것에 기분이 금방 다시 좋아졌다.

"저기 죄송한데, 사진 같이 찍어주실 수 있나요?"

"좋아요."

수현은 메기의 사진 촬영 요청에 흔쾌히 승낙을 했다.

"어머, 감사해요. 자기야!"

메기는 수현의 허락이 떨어지기 무섭게 남자 친구인 제이크를 불렀다.

그에게 사진을 찍어달라는 소리였다.

"알았어. 저… 그런데 저도 함께 찍어주실 수 있나요?"

제이크는 여자 친구가 수현과 사진 촬영을 하는 것이 부러워 자신도 슬쩍 요청을 했다.

"네, 물론이죠."

"감사합니다."

수현의 허락이 떨어지기 무섭게 제이크는 메기의 반대쪽으로 가서 팔을 쭉 내밀었다.

제이크도 메기로 인해 로열 가드에 대해 알게 되었고, 또 수현이 출연한 드라마를 보고 팬이 되었다.

비록 메기만큼은 아니지만, 드라마에서의 멋진 연기와 뛰어난 노래 실력에 같은 남자이면서도 멋지다는 생각을 갖게 된 것이었다.

한편, 자신의 팬이라고 다가온 제이크마저 수현을 알아보더니, 급기야 함께 사진을 찍는 모습에 존 존스는 기분이 이상했다.

처음에는 그저 곡이 좋아 자신의 앨범에 넣고 싶은 마음에 말을 걸었다.

마음에 든 곡이 아직 발매된 상태도 아니며, 방금 전에 만들어졌다는 이야기를 들었을 때만 해도 이야기가 쉽게 풀릴 것 같아 만족스러웠다.

더욱이 이야기를 하던 중 자신의 팬으로 보이는 남자가 나타나면서 그의 기분은 더욱 고조되었다.

이제 수현이 자신의 인지도에 놀라 순순히 곡을 넘길 것이라 생각한 것이다.

그런데 이내 반전이 일어났다.

기쁜 마음은 잠시뿐이고, 그 뒤로는 놀람의 연속이었다.

수현이 자신도 아티스트라는 이야기를 하자 놀랍긴 하지만 그러려니 했다.

하지만 그뿐이었다. 아메리카도 아니고, 아시아의 조그만 나라에서 활동하는 가수라 했기 때문이다.

그런데 그런 생각이 바뀐 것은 얼마 지나지 않아서였다.

자신의 팬이라고 말한 남자의 애인이 수현을 알아본 것이다.

그리고 자신의 팬이란 남자 또한 그를 알고 있었다.

더욱 놀라운 것은, 자신이 반한 노래를 작곡한 남자가 노래는 물론이고, 연기도 잘한다는 사실이었다.

사실 존 존스에게는 그가 어린 시절부터 동경해 온 할리우드 톱스타가 있다.

세월이 흘러 지금은 예전만 못하지만, 한때 세계에서 가장 유명한 가수이자 배우였다.

발표하는 노래는 언제나 빌보드 상위권에 들었고, 출연하는 영화마다 박스오피스에서 높은 순위를 차지하였다.

흑인으로서 그만큼 인기를 가진 스타는 손에 꼽을 정도였기에 존 존스는 자신도 그런 스타가 될 것이라 다짐을 했다.

그런데 방금 두 연인의 이야기를 들어보니, 수현이라 자신을 소개한 동양인이 어린 시절 자신이 꿈꾸던 길을 걷고 있다는 것에 부러움과 함께 살짝 질투도 느꼈다.

찰칵, 찰칵.

존 존스가 혼자만의 생각에 잠겨 있을 때, 수현과 함께 사진을 찍은 제이크가 조심스레 물어왔다.

"킹 존, 사진 좀 함께 찍을 수 있을까요?"

그런 제이크의 요청에 존 존스도 흔쾌히 승낙을 하였다.

그도 그럴 것이, 앞에 있는 수현에게 좋은 모습을 보여줄 필요가 있기 때문이다.

사실 마음 같아서는 자존심이 상해 제이크의 부탁을 들어주고 싶지 않았다. 자신의 팬이라고 다가왔으면서 정작 사진은 다른 사람과 먼저 찍는 게 어디 있단 말인가.

하지만 존 존스는 지금 어떤 행동을 취해야 자신에게 도움이 되는지 잘 알고 있었다.

지금은 자존심을 세울 때가 아니라 수현에게서 곡을 얻어내는 것이 우선이었다.

그렇게 존 존스도 젊은 연인들에게 팬서비스를 해준 후에 그들이 떠나자 다시 하던 이야기를 재개했다. 하지만 수현의 가드도 만만치가 않았다.

"음, 바로 결정을 내릴 수가 없네요. 저도 기획사와 계약된 몸이라 회사와 먼저 논의를 해봐야 할 것 같습니다."

수현은 일단 회사를 들먹이며 거절 의사를 보였다.

하지만 마음이 급한 존 존스는 수현을 이대로 놓칠 수가 없었다. 그래서 얼른 제안을 덧붙였다.

"조건은 섭섭하지 않게 해줄 테니, 그 곡…… 꼭 내가 부를 수 있게 해주세요."

젊은 연인에게서 수현의 이력을 들은 존 존스는 처음과

달리 공손한 태도를 보였다.

너무도 애절한 눈빛을 보내는 존 존스의 모습에 수현도 이번에는 바로 거절을 하지 못했다.

"그럼 잠시만 기다려 보세요."

수현은 총괄 매니저인 전창걸에게 전화를 걸었다.

자신이 만든 곡에 대해 회사에서 어떤 판단을 내릴지 아직 알 수 없기 때문이다.

"여보세요."

잠시 신호가 가더니, 곧 누군가가 전화를 받았다.

"저 수현입니다."

수현은 전창걸에게 전화를 걸기는 했지만, 로열 가드의 컴백으로 한창 바쁜 시기라 누가 받을지 몰라 조심스레 말을 건넸다.

― 수현이 형, 저 용근이에요. 그런데 어쩐 일로 전화하셨어요?

역시나 전화를 받은 사람은 총괄 매니저인 전창걸이 아닌 용근이었다.

"부장님 전화를 왜 네가 받아?"

하지만 그렇다 해도 용근이 전화를 받은 것에 수현은 고개를 갸웃했다.

― 부장님은 잠시 볼일 보러 가신 중이라 제가 대신 받고 있

어요.

"그래? 그럼 오시면 내게 전화 좀 주시라 전해줘."

— 네. 아, 잠시만요. 부장님 오셨어요.

막 전화를 끊으려던 찰나, 전창걸 부장이 돌아온 듯했다.

"그래? 얼른 바꿔줘."

— 여보세요. 전화 바꿨습니다.

수화기 너머로 전창걸 부장의 목소리가 들렸다.

"부장님, 저 수현입니다."

— 그래, 무슨 일인데 또 전화냐?

전창걸은 그제 작곡을 했다며 노래를 보내온 수현이 얼마 지나지 않아 다시 전화를 건 것에 의아해하며 물었다.

그와 함께 혹시나 무슨 일을 벌인 것은 아닐까 하는 걱정도 들었다.

"그게… 작곡을 하나 했는데, 우연히 이곳 아티스트가 듣고는 자신에게 그 곡을 팔라고 하는데, 어떻게 할까요?"

수현은 별다른 설명도 없이 바로 본론을 꺼냈다. 당연히 전창걸로서는 아닌 밤중에 홍두깨 같은 이야기였다.

— 뭐? 곡을 팔아? 그게 무슨 소리야?

"아, 그러니까요……."

수현도 자신이 너무 급하게 이야기를 꺼내는 바람에 전창

스타라이프

걸이 당황했다는 것을 깨닫고 얼른 자세한 설명을 들려주었다.

― 그러니까, 네 말은 솔로 곡을 작곡했는데, 미국의 가수가 자신의 앨범에 넣고 싶다고 한다는 것이지?

"네, 맞아요."

― 뭐, 그건 네가 알아서 해라. 작곡에 관해서 회사는 권한이 없으니 네 곡을 누구에게 주든 상관없다. 다만, 이왕이면 로열 가드나 우리 회사 소속 가수에게 주면 더 좋지.

전창걸은 수현에게 회사와의 계약에 관해 신경 쓰지 말고, 하고 싶으면 하라는 이야기를 해주었다.

다만, 그럴 일이 있으면 다른 회사의 가수에게보다는 킹덤 엔터 소속 가수에게 우선권을 주었으면 한다는 이야기도 빠트리지 않았다.

"알겠습니다. 그렇다면 제가 계약을 해도 아무런 이상 없는 거죠?"

수현은 다시 한 번 전창걸에게 확인을 받았다.

― 그래. 그건 네가 알아서 하고… 그나저나 앞으로 어떻게 할 거냐? 계획대로 연말까지 여행을 다니다 들어올 거냐?

솔직히 회사에서 그동안 고생한 수현을 위해 연말까지 휴가를 주기는 했다.

하지만 로열 가드를 총괄하는 전창걸의 입장에서 리더인 수현이 그렇게까지 오랜 기간 로열 가드와 떨어져 있는 것이 마음에 걸렸다.

더욱이 로열 가드가 컴백을 하고 인기몰이를 하고 있기는 하지만, 리더인 수현이 있던 때에 비해서 힘이 약했다.

그 때문에 솔직히 수현이 돌아와 합류를 했으면 하는 바람이 조금은 있었다.

그렇지만 이미 결정된 일이기에 전창걸은 그것을 언급하지 않고 있을 뿐이었다.

그런 속내를 알고 있는 수현은 조금 전 전창걸이 무엇 때문에 그러는지 알면서도 애써 무시했다.

현재 수현은 전에는 느끼지 못한 충족감을 느끼고 있기 때문이다.

"이만 끊습니다. 나중에 한국에 들어가면 뵐게요."

탁.

더 길게 통화를 하면 전창걸이 어떤 말을 할지 몰라, 용건이 끝나기 무섭게 전화를 끊었다.

옆에서 지켜보고 있던 존 존스는 한국말을 알아들을 수는 없었지만, 수현의 표정 변화를 보고 뭔가 자신에게 긍정적인 느낌을 받았다.

스타라이프

"회사와 이야기를 해보았습니까?"

"네. 회사에서는 계약을 해도 상관이 없다고 하네요."

"그럼 그 곡을 저에게 파시겠습니까?"

존 존스는 수현의 말에 속으로 쾌재를 부르며 정중하게 물었다.

"음, 제가 당신의 실력을 알지 못하니, 먼저 노래를 들어보고 싶습니다."

수현은 실제로 앞에 있는 존 존스를 알지 못했다.

조금 전, 그의 팬이라 짐작되는 남녀를 만났지만, 그의 실력이 어느 정도이며, 또 자신이 작곡한 곡과 얼마나 맞는지도 알아야 했다.

아무리 노래를 잘 부른다 해도 느낌이 맞지 않으면 거절할 생각이었다.

"좋습니다. 제 레이블로 가시죠."

존 존스는 수현의 요구에 고개를 끄덕였다.

비록 자신의 실력을 의심하는 듯한 이야기이지만, 이는 당연한 이야기였다.

작곡가로서 자신의 곡이 얼마나 훌륭한 아티스트에게 가게 되는 건지 아는 것은 당연한 권리였다.

Chapter 8

곡을 팔다

수현이 존 존스와 함께 도착한 곳은 선셋 스트립에 위치한 그의 레이블이었다.

존 존스는 그동안 자신이 작업해 온 음악들을 수현에게 들려주었다.

이는 수현이 자신의 곡을 부르고 싶으면 네 음악 수준을 들려 달라는 요구 때문이다.

물론, 그런 말을 직접적으로 한 것은 아니지만, 어차피 의미는 같았다. 그럼에도 존 존스는 자존심을 내세우지 않고 순순히 수용했다.

이런 존 존스의 자신감에 수현도 절로 고개를 끄덕였다.

확실히 본토의 힙합 랩은 한국에서 듣는 것과는 다른 느낌이었다.

한국의 아이돌 음악에서도 랩은 빠질 수 없는 요소다.

적당한 비주얼에 신나는 리듬, 그리고 간주에서 치고 나오는 랩.

그게 바로 한국의 아이돌이 인기를 끄는 비결 중 하나였다.

물론, 그런 공식을 적용해도 성공하지 못하는 그룹도 있다. 팬들도 모르는 사이 사라져 버린다. 그렇기에 얼마나 시장성이 있고, 화제성이 있느냐도 무시할 수 없는 것이다.

어쨌든 수현이 속한 로열 가드에도 랩을 잘하는 멤버가 있어 생소한 장르는 아니란 소리다.

그럼에도 방금 들은 존 존스의 랩은 마치 처음 들어보는 것처럼 생소했다. 지금껏 들어온 그 어떤 랩보다 훨씬 뛰어나다는 의미였다. 이런 게 진정한 랩이 아닌가 하는 생각이 들 정도였다.

물론, 직접 라이브로 들었기에 더욱 느낌이 확 다가온 것도 사실이지만, 어찌 되었든 수현이 느낀 존 존스의 랩은 그만큼 강렬했다.

아마도 이들이 가진 정서 때문이 아닌가 싶었다.

외국인이 한국의 판소리를 배운다고 해서 제대로 된 감정을 끌어내지 못하는 것과 같은 이치다.

비슷하게 흉내는 낼 수 있지만, 그 깊이만큼은 따라 할 수 없는 것이 바로 그것이다.

그렇게 존 존스의 랩을 듣고 수현은 그의 실력을 인정했다.

하지만 전체적인 노래 실력이 아주 뛰어나다고 생각지는 않았다.

랩은 훌륭하지만, 다른 부분에서 살짝 기대에 못 미쳤다.

그게 무슨 소린가 하면, 너무 가볍다는 느낌을 받았다.

흥행 요소라 할 수 있는 비트나 청자를 자극할 만한 저속한 가사 등 너무도 빤한 공식만을 따르고 있었다.

마치 공장에서 찍어낸 듯한 느낌을 지울 수가 없었다.

마약과 돈, 그리고 여자.

힙합에서 빠지지 않는 주제다.

비트만 다를 뿐, 가사의 내용은 그 세 가지에서 벗어나질 않는다.

아무리 힙합이 사회 비판이나 자유를 지향한다고 하지만, 수현이 보기에 너무 지나치다는 느낌이 강했다.

무엇이든 지나친 것은 모자란 것보다 좋지 못하다.

돈이란 것 역시 없는 것보다 있는 게 좋다. 돈이 있으면 할 수 있는 것이 많아지기 때문이다. 하지만 돈을 향한 욕망이 강해지다 보면 그릇된 판단과 행동을 저지르기도 한다.

또 일부는 돈을 모든 가치의 최우선으로 여겨 일이나 인간관계 등에서 물의를 일으키기도 한다.

사랑 또한 마찬가지다.

사랑, LOVE.

이 단어만큼 사람들을 행복하게 하는 단어도 많지 않을 것이다.

하지만 사랑도 지나치면 상대를 죽음에까지 이르게 만드는 독이 되기도 한다.

실제로 그러한 사건 사고도 참 많다.

가깝게는 데이트 폭력이 있을 수 있고, 심하면 상대에 대한 집착으로 편집증 환자가 되어 파국을 맞이하기도 한다.

그저 영화의 소재만이 아니다. TV를 틀면 심심치 않게 그런 뉴스들이 나온다. 헤어진 연인을 찾아가 잔인하게 살해했다는.

사랑했더라도 헤어지고 나면 남인 것인데, 기어코 찾아가 살해를 한다. 그러고는 사랑해서 그랬다고 떠든다.

이처럼 과유불급은 경계해야 할 일이며, 수현은 모든 것에 중도를 지키는 것이 가장 좋다고 생각을 했다. 최유진에 대한 지나친 감정 또한 자신을 방황하게 만드는 요인이 되지 않았던가.

그런데 방금 들은 존 존스의 노래는 온통 욕망으로 채워져 있고, 그것을 듣는 팬들의 감정을 자극하는 말들로만 가득했다.

자신의 노래를 들려주면서 정작 팬들에게 어떤 말을 전하고 싶은지 내용은 별로 없다.

그저 흥겨운 비트로 사람들의 귀를 자극하고, 자신은 음반을 팔아 돈을 많이 벌고 싶다는 말만 주절거린다.

그럼에도 이런 노래가 미국에서 잘 팔린다는 것이 아이러니였다.

물론, 한계는 뚜렷하다.

이런 노래는 일부 마니아들에게나 먹히는 것이지, 일반 대중들에게 공감을 심어주지 못한다.

비슷비슷한 스타일의 존 존스의 노래를 다 듣고 난 수현은 고민했다.

분명 실력은 있다. 하지만 한계도 뚜렷했다.

그 때문에 자신이 만든 곡을 줘도 될지 망설여졌다.

＊　　　＊　　　＊

"잠깐만. 거기선 그렇게 부르기보단 조금 더 터뜨려 주는 것이 더 좋을 것 같은데?"

존 존스는 수현과 앨범 타이틀곡에 대한 한창 논의하느라 여념이 없었다.

그는 정말 우여곡절 끝에 수현과 인연을 맺게 되었다.

우연히 찾은 말리부 해변, 귓가에 들려온 노랫소리에 호기심을 느끼고, 이후 치열한 교섭까지…….

그리고 지금에 이르러서는 이렇게 함께 작업을 하는 사이가 되었다.

그는 수현과 친해지고 나서 무엇보다 나이에 놀랐다. 처음 존 존스는 수현의 나이가 많아봤자 20대 초반 정도일 거라 여겼는데, 나중에 알고 보니 자신과 비슷한 29살이라는 것이었다.

같은 직업에 나이까지 비슷하다는 것을 알게 되자 더욱 친해질 수 있었다.

대화를 나누면서 존 존스는 경악을 금치 못했다.

보통 사람은 한 가지 재주를 타고난다고들 한다.

그 재주로 본인 스스로가 행복해지고, 나아가 다른 사람들까지 행복하게 만드는 사람은 극히 드물다.

자신을, 또 타인을 행복하게 만들기 위해선 가진 재능을 일찍 깨닫고, 그것을 갈고닦아야 한다.

존 존스도 자신의 재능을 일찍 깨닫고 갈고닦아 지금의 위치에 오른 케이스다.

그런데 수현은 한 가지뿐만 아니라 다방면에 유능한 사람이었다.

노래는 물론이고, 춤도 전문 댄서 이상으로 잘 추는데다 작곡 능력도 일류였다.

뿐만 아니라 외국어에도 능통하고, 요리도 전문 요리사이상으로 뛰어났다.

실제로 요리의 재능을 살려 중국에서는 식당 체인도 한다는 소리에 놀랐다.

처음 그 얘기를 들었을 때는 그저 고용인을 두고 있겠거니 생각했다.

하지만 나중에 그 음식점의 이름을 검색하다 깜짝 놀라고 말았다.

이미 중국에서는 선풍적인 인기를 끌고 있으며, 미국에도 진출을 준비 중이란 사실을 알게 된 것이다.

그렇다고 수현이 말한 음식 체인점이 맥도날드나 KFC 같은 패스트푸드점인 것도 아니었다. 일식이나 이탈리아, 프랑스 요리 같은 전문 요리를 종합적으로 취급하는 대형 레스토랑이었다.

자본금만 1억 달러가 넘어가는 어마어마한 규모라는 것에 존 존스는 다시 한 번 놀랐다.

그 이후로 존 존스는 수현과 있을 때 절대로 거만하게 굴지 않게 되었다.

더욱이 학벌이 뛰어난 것도 아닌데 수현은 자신보다 아는 것도 많고, 할 수 있는 것도 많았다.

이야기를 하면 할수록 수현이 존경스러워지기까지 하였다.

그에 반해 수현은 존 존스를 볼 때마다 로열 가드 멤버 중 하나인 윤호가 생각났다.

처음 데뷔반 연습실에 만난 윤호의 거만함은 존 존스를 처음 만났을 때와 비슷했다.

그 당시 윤호는 자존감이 충만해 거만하다고 생각될 정도로 어깨에 힘이 들어가 있었다.

"현, 갑자기 무슨 생각을 그리도 열심히 해?"

존 존스는 어디에 정신이 팔린 것인지 자신의 이야기에

귀를 기울이지 않는 수현을 보며 물었다.

"아, 미안. 갑자기 생각난 게 있어서."

"그래? 뭐 좋은 아이디어라도 떠오른 거야?"

존 존스는 자신의 앨범 작업에 대한 생각을 하고 있었다는 말로 해석하고는 눈을 반짝였다.

그런 기대 섞인 존 존스의 물음에 수현은 잠시 뜸을 들였다.

"네 앨범의 다른 곡들을 봐봐."

"왜? 무슨 문제 있어?"

"전부 강렬한 비트로만 장식되어 있잖아."

수현은 그의 앨범에 수록된 곡들을 하나하나 짚어가며 물었다.

"응. 그래서 신나고 좋잖아."

존 존스는 뿌듯하다는 듯이 자랑스레 대답했다.

그도 그럴 것이, 이번 앨범에 수록된 곡들은 타이틀곡으로 삼기에는 조금 부족한 감이 있긴 해도 나쁜 것은 아니었다.

사람들을 확 잡아끄는 매력이 약간 부족할 뿐이지, 곡 자체는 무척이나 신나고 흥겨운 것이다.

클럽에서 춤을 출 때 참으로 안성맞춤인 곡들이다.

이는 수현도 인정한 부분이다.

그렇지만 사람이 매번 한 가지 음식만 먹는다면 어떻겠는가. 한 가지 맛에 길들여지면 점점 그 맛을 느끼는 감각은 둔해지기 마련이다.

그런 측면에서 보면 존 존스의 앨범은 그렇게 잘 구성된 앨범은 아니란 소리였다.

그렇기에 수현은 존 존스의 앨범이 가진 약점을 보완할 필요성이 있다고 판단했다.

자신이 앨범을 총괄하는 프로듀서는 아니지만, 그래도 자신의 곡을 앨범 타이틀곡으로 계약했으니 그만한 성과가 나와야 하지 않겠는가.

비록 수현이 전문 작곡가는 아니지만, 자신이 만든 곡이 처음으로 계약을 맺어 누군가에게 불려지는 상황이니 신경이 안 쓰일 리가 없었다.

작곡가에게 곡이란 자식 같다는 말들을 한다.

그렇게 따지면 비록 첫 곡은 아니지만, 그래도 처음으로 세상에 선보이는 자식인 것이다.

마치 다 자란 딸을 다른 사람의 품으로 떠나보내는 아버지의 심정과 비슷하다 할 수 있기에 수현은 존 존스와 계약한 곡에 대한 애착이 남달랐다.

그래서 휴가 계획도 미룬 채 존 존스와 함께 작업을 하는 중이다.

"너, 치킨 좋아한다고 했지?"

"응, 물론이지. 매일 먹어도 질리지 않지."

갑작스러운 음식 이야기에 존 존스는 입맛을 다시며 과장되게 대답을 했다.

"하하, 나도 그런 말을 듣기는 했지만……. 그렇다면 프라이드치킨은 어때? 그것만 매일 먹으라고 한다면?"

수현은 뭔가가 떠올랐는지 눈을 반짝이며 물었다.

"프라이드치킨만? 음……."

존 존스가 아무리 치킨을 좋아한다지만, 이번 질문에는 쉽게 대답하지 못했다.

그도 그럴 것이, 아무리 좋아하는 음식이라고 해도 한 가지 종류만 주구장창 먹는다면 얼마 가지 않아 질릴 것이 분명했다.

더욱이 패스트푸드 중에서도 가장 기름기가 많은 프라이드치킨이다.

처음 몇 번은 맛있게 먹을 수 있겠지만, 그게 두 번, 세번 반복되다 보면 얼마 지나지 않아 물릴 것이다.

"내가 아무리 치킨을 좋아한다고 해도 그건 무리지. 얼마

먹지도 못하고 물리고 말 거야."

잠시 질문에 대한 생각을 하다 이내 고개를 저으며 대답을 하는 존 존스였다.

그 솔직한 대답에 수현은 빙그레 미소를 지었다.

"맞아. 아무리 맛있는 음식이라도 그렇지. 그런데 음악이라고 다를까?"

"응? 그건 또 무슨 소리야?"

존 존스는 수현의 말이 쉽게 이해가 가지 않았다.

그에게 힙합은 진리다. R&B나 록도 좋긴 하지만, 그에게는 힙합만이 최고의 장르였다.

그렇기에 그는 수현의 말을 언뜻 이해하지 못했다.

"네가 하는 장르가 질린다고 말하는 것이 아니야. 여기 앨범 비트를 봐."

수현은 앨범에 수록된 곡들의 악보를 그의 눈앞에 늘어놓으며 설명을 하였다.

"음……."

"비록 곡을 만든 작곡가는 여러 명일지 몰라도 리듬이 전부 다 비슷해."

존 존스는 수현이 짚어준 부분들을 살펴보았다.

과연 곡마다의 공통점을 그 또한 발견할 수 있었다.

"아……."

"아마도 네가 이런 리듬과 비트를 선호하기에 작곡가들이 곡의 구성을 이렇게 만든 것 같아."

"끄응, 맞아. 이 부분들은 사실 내가 작곡가에게 요청해서 삽입된 것들이야."

존 존스는 앓는 소리를 내며 수현이 짚어준 부분을 인정했다.

"네가 봐도 알겠지만, 곡들이 대체적으로 비슷해. 중간에 비트만 살짝 바꾸면 이 곡들 전부가 하나로 연결될 수 있을 정도로."

어떻게 보면 질책과도 같은 말이었다.

실제로 예전에 앨범을 제작할 때도 비슷한 이야기가 나왔다.

하지만 존 존스의 고집에 의해 설정을 바꾸지 않고 녹음을 강행했다.

막상 녹음을 하고 보니 결과물이 나쁘지 않아 그냥 넘어갔다.

그렇지만 수현은 전체적으로 봤을 때 너무 과하고 좋지 않다고 판단을 내렸다.

곡 하나하나는 나쁘지 않다. 아니, 오히려 좋다.

솔직하고 호소력 있는 그의 랩은 신나는 비트와 함께 팬들을 즐겁게 만들 것이다.

그런데 사람들은 앨범을 사서 한 곡만 듣는 것이 아니다.

가수가, 래퍼가 좋아 그의 앨범을 샀다면, 팬들은 자신이 구입한 앨범의 전곡을 다 들어볼 것이다.

처음에는 신나는 리듬에 취해 들을 테지만, 몇 번 듣다 보면 너무도 익숙한 리듬의 반복으로 금방 질려 버릴 것이다.

그 때문에 유명 가수들은 앨범 한 장을 만들더라도 스토리를 넣는다.

하나의 곡에 스토리가 담기는 것은 당연한 것이고, 앨범을 구성하는 곡들이 서로서로 연결되게끔 하나의 주제로 엮어 스토리를 만든다.

그렇게 구성된 서로의 곡들이 시너지 효과를 냈을 때, 그 앨범은 명반이 되는 것이다.

수현은 이러한 점을 존 존스에게 설명해 주었다.

"앨범에는 하나의 주제가 정해져 들어가야 해. 마치 하나의 이야기처럼 기승전결이 들어 있는 게 좋은 앨범이지. 곡의 분위기에 따라 창법도 바뀌어야 해. 그런데 너의 앨범을 봐. 하나같이 빵빵 터지는 비트들에, 비슷비슷한 내용뿐이야. 서로의 존재감만 뽐내는 곡이라 하나를 봤을 땐 괜찮지만, 전체 앨범을 봤을 때는 좋지 못해."

"흠."

"이제 왜 문제가 되는지 알겠지?"

수현의 친절한 설명을 들은 존 존스는 그제야 앨범 제작자나 프로듀서가 앨범 제작 초기에 무엇 때문에 우려를 표시했는지 깨달았다.

자신의 앨범이 가지고 있던 문제점을 깨달은 존 존스는 단점을 보완하기 위해 다시 작업에 몰두했다.

그동안 앨범 제작을 할 때마다 고집만 내세우던 걸 멈추고, 다른 사람의 이야기를 들으며 다양한 시도를 하였다.

물론, 첫 결과물은 썩 마음에 들지 않았다.

그렇지만 수정과 보완을 거쳐 새롭게 완성된 곡들은 정말 성공적이었다.

존 존스의 입맛에 맞지는 않지만, 다른 사람들은 굉장히 좋아했다.

"존, 많이 좋아졌는데?"

"맞아. 전에는 좀 뭔가 윽박지르는 듯한 느낌이 강했다면, 이번에는 네가 무슨 말을 하려고 하는지 확실하게 들리는 것 같아."

녹음실에 있던 사람들은 존 존스가 부스에서 노래를 마치고 나오자 저마다 칭찬을 아끼지 않았다.

"그래? 난 좀 아닌 것 같았는데, 이게 확실한 거야?"

약간 뚱한 표정으로 녹음 부스를 나오던 존 존스는 동료들의 칭찬에 고개를 갸웃거렸다.

그러면서 녹음실 한쪽 의자에 앉아 있는 수현을 쳐다보았다.

존 존스의 레이블 직원은 아니지만, 이번 앨범 타이틀곡의 작곡자 자격으로 참관한 터였다. 또한 존 존스가 과연 어떻게 부를 것인지 지켜보겠다는 압박도 줄 겸.

원칙적으로는 곡의 계약이 끝나면 굳이 이러지 않아도 된다.

아니, 만약 수현의 이름값이 낮거나 존 존스가 수현의 곡을 적극적으로 원하는 것이 아니었다면 받아들여지지 않았을 조건이다.

그렇지만 존 존스는 말리부 해변에서 수현이 작곡한 곡을 듣고 완전히 빠져 버렸다.

그 때문에 수현이 거는 조건들을 수락하였고, 조언도 받아들여 앨범의 구성도 조금 손을 봤다.

다른 때와 다르게 자신의 주장을 살짝 낮추고, 레이블 식구들의 의견에 따랐기 때문인지, 프로듀서인 하비도 오케이 사인을 흔쾌히 내주었다. 그러나 정작 존 존스는 수현이 자신의 노래에 만족해할지 불안함이 들었다.

수현은 분명 자신의 프로듀서가 아니다. 그럼에도 수현에게서 오케이 사인을 받아야만 한다는 생각이 들었다.

"좋네."

수현이 듣기에도 확실히 처음보다 훨씬 좋았다.

전의 노래들이 듣는 사람으로 하여금 강압적으로 '들어!'라고 윽박지르는 느낌이었다면, 방금 전에는 '너희에게 들려주고 싶은 노래가 있어. 부를 테니 한 번 들어봐'라고 속삭이는 것 같았다.

물론, 윽박지르는 듯한 노래에 몰입하는 사람도 있겠지만, 대부분의 사람들은 두 번째 유형의 노래를 더욱 선호할 것이다.

대중들이 선호함은 곧 성공을 보장하는 것이기에 제작사 입장에서는 당연히 후자를 좋아했다.

솔직히 존 존스가 음악을 하는 이유는 사회적으로 성공을 하기 위해서라는 게 가장 컸다. 그저 본인의 만족만을 위해 음악을 하고 있는 것이 아닌 것이다.

만약 자신의 만족을 위해서라면 타이틀곡을 가지고 그렇게 연연하며 찾아다니지도 않았을 것이다.

그런데 자신이 인정한 수현에게서 긍정적인 대답이 나오자 다시 묻지 않을 수가 없었다.

"정말? 정말 좋아?"

그런 존 존스의 모습에 프로듀서인 하비나 존스의 친구들은 눈을 동그랗게 뜨며 놀랐다.

자존심 하나로 지금의 자리에 오른 존 존스가 누군가에게 인정받고 싶어 하는 모습을 보이는 것은 처음이었기 때문이다.

물론, 이들도 며칠간 함께 있으면서 수현에 대해 알게 되었다.

한국에서 엄청난 인기를 누리고 있는 가수이자 배우.

비록 한국이 작은 나라라고는 하지만, 그래도 인구가 6천만이나 되는 나라다.

더욱이 자국에서만 인기가 높은 우물 안 개구리가 아니었다.

아시아는 물론이고, 유럽과 미국을 비롯한 아메리카 대륙에서도 그를 알고 좋아하는 팬들이 많다는 것을 뒤늦게 알게 되었다.

노래와 연기만으로도 수현의 재능을 인정하기에 충분했지만, 수현의 재능은 그것뿐만이 아니었다.

수현은 사업가이기도 하고, 유명 셰프이기도 했다.

또 태권도를 비롯한 무술 마스터이기도 하며, 유명 격투기 챔피언을 이긴 파이터이기도 했다.

사실 수현이 파이터란 것을 알게 된 것은 프로듀서 하비로 인해서였다.

겉으로는 얌전해 보이는 프로듀서 하비는 사실 굉장한 격투기 마니아였다.

하비는 미국에서 큰 인기를 끌고 있는 프로레슬링은 좋아하지 않았다.

그 이유는 프로레슬링이 대본에 따른 쇼에 불과하기 때문이다.

그의 말에 따르면, 진정한 원초적 카타르시스를 자극하는 것은 격투기뿐이란 것이다.

그랬기에 하비는 복싱과 격투기 시합이 있다고 하면 어디든 달려갔다.

물론, 그가 구경을 가는 시합은 많은 사람들이 기대를 하는 메인이벤트 경기지만 말이다.

그렇게 격투기 마니아인 하비로 인해 수현이 일본의 격투기 챔피언을 이긴 전적이 있다는 이야기를 들었을 때, 존 존스의 표정은 정말이지 볼만했다.

처음 수현에게 곡을 얻기 위해 협박도 불사하겠다고 생각한 것이 불현 듯 떠올랐다. 만약 그때 자칫 실행에 옮기기라도 했다면…… 상상만 해도 끔찍한 일이 벌어졌을 것이다.

물론 존 존스가 수현의 눈치를 살피는 것은 그것 때문만은 아니지만, 행동이 조심스러워진 것에 아주 영향이 없지는 않았다.

"응, 저번보다 훨씬 좋았어."

여하튼 쉽사리 믿지 못하는 존 존스에게 수현은 가볍게 고개를 끄덕이며 확신을 주었다.

존 존스는 그제야 입가에 만족스러운 미소를 지으며 의기양양해했다.

"역시, 내가 녹음을 너무 잘하긴 하지."

확실히 평소와 다르게 불렀기에 약간 의심이 들었는데, 곡을 만든 작곡자가 좋았다고 확신을 주자 그제야 안심이 되었다.

"뭐야? 존, 우리가 잘했다고 칭찬했을 때는 거들떠도 안 보더니, 수현이 좋다고 말을 하니 웃는 거야?"

"그러게. 너무한 거 아냐?"

"맞아. 우리가 칭찬할 때는 반응도 안 하고!"

친구들은 존 존스가 수현의 대답에 비로소 웃음을 보이자 너무한다며 타박을 하였다.

물론 진심은 아니지만, 그래도 서운한 감정이 살짝 묻어났다.

"미안. 하지만 너희도 이해해 달라고. 이번 앨범에 내가 얼마나 기대를 하고 있는지 너희도 잘 알잖아."

겸손한 존 존스의 반응에 방금 전 타박을 하던 친구들은 다시 한 번 눈을 동그랗게 뜨며 놀랐다.

전 같으면 자신들이 뭐라고 떠들던 존 존스는 들은 체도 하지 않았을 것이다.

자존심으로 똘똘 뭉쳐진 존 존스이기에 주변에서 무슨 말을 해도 들으려 하지 않았다.

그러던 존 존스가 자신들의 장난 섞인 타박에 사과를 했다는 것은 많은 것을 시사했다.

"존, 대체 왜 그래? 너무 무섭잖아."

"와… 현, 도대체 어떻게 한 거야? 자존감 충만하던 우리 존이……."

너무 놀란 나머지 하비가 수현에게 물었다.

그러면서도 존 존스에게서 눈을 떼지 않았다.

몇 년을 봐온 존 존스다. 사실 프로듀서인 하비도 존 존스는 같이 작업하기에 그리 좋은 가수가 아니었다.

분명 자신의 고집을 조금만 줄이면 충분히 더 유명해질 래퍼이건만.

물론 고집이 없는 래퍼란 없다.

본인만의 스타일을 고집하는 그들과 음반 제작을 할 때는 언제나 프로듀서와 마찰이 일어난다.

그러면서도 좀 더 좋은 앨범을 만들기 위해 버릴 것은 버리고 취할 것은 취하면서 음반을 제작하는 것이다.

하지만 존 존스는 그렇지 않았다.

끝까지 자신의 고집을 꺾지 않고 밀고 나갔다.

그 때문에 제작된 앨범은 대중적으로 더 큰 성공을 할 수 있는 가능성이 있음에도 LA 인근에서만 약간 인기를 얻었을 뿐이다.

그런데 어느 날 갑자기 일면식도 없는 아시아인을 데려오더니, 그의 노래를 타이틀곡으로 부르고 싶다고 했다.

곡 하나를 두고 몇 달을 허비한 하비는 지쳐 있었다.

그래서 존 존스가 만족하는 노래란 생각에 그냥 녹음을 하기로 했다.

그런데 이게 말도 안 되는 대박이었다. 처음 노래를 들었을 때, 눈이 번쩍 뜨였다.

존 존스가 노래를 부르고 나올 때마다 선생님에게 숙제 검사를 받는 학생마냥 허락받는 모습에 놀랐고, 조언을 들을 때마다 점점 변하는 존 존스의 모습에 놀랐다.

자존만대의 존 존스를 이렇게까지 변하게 만든 수현을 바라보는 하비의 눈빛은 어느새 신을 맞이하는 신도처럼 변했다.

한편, 수현 역시 신기한 경험을 하였다.

시스템이 Phase 2로 업그레이드되면서 수현의 음악 재능은 상급 레벨이 되었다.

업그레이드된 능력으로 다시 한 번 곡의 부족한 부분을 채워 넣자 재능이 레벨업하였다.

또 LA에 와서 서핑을 즐기다 떠오른 악상을 곡으로 완성하면서 상당한 경험치를 얻었다.

레벨업까지는 아니지만, 그 직전까지 경험치가 쌓임으로써 한 번 더 작곡을 하면 레벨을 올릴 수 있을 것 같다는 생각을 하게 됐다.

그런데 새로운 곡을 작곡하지 않았는데도 재능이 레벨업했다.

방금 전 존 존스가 녹음을 마치고 나오자 신기하게도 재능이 상급 Lv. 2에서 Lv. 3으로 업그레이드된 것이다.

갑작스러운 레벨업에 이유가 무엇일지 생각하고 있을 때, 존 존스가 쭈뼛쭈뼛 다가왔다.

그래서 자신의 감상을 그대로 들려주었다.

자신이 곡을 작곡하면서 느낀 해방감과 즐거움이 고스란히 느껴지는 랩이라고.

하지만 존 존스가 그렇게 행복한 미소를 지을 줄은 수현도 전혀 예상하지 못했다.

불과 며칠 전에 만난 사이다.

존 존스는 갱단같이 생긴 흉악한 외모와 다르게 어린아이처럼 다른 사람에게 인정받는 것을 좋아했다. 수현 또한 그런 존 존스가 싫지 않았다.

사실 수현은 존 존스를 볼 때마다 윤호를 떠올리기도 했다.

'두 사람을 만나게 하면 재미있는 그림이 되겠군.'

그 두 사람이 만난다고 생각했을 때, 그림이 나쁘지 않았다. 비록 피부색은 달라도 두 사람에게서 받은 느낌이 비슷해 잘 맞을 것 같았기 때문이다.

"수현, 고맙다. 네 덕에 좋은 앨범을 완성할 수 있었다."

하비가 수현에게 다가와 악수를 청했다.

장장 6개월을 끌어오던 존 존스의 앨범 녹음을 드디어 마칠 수 있었다.

물론, 앨범이 완성되기까지는 아직 몇 가지 작업이 남아 있기는 하지만, 그건 그리 오래 걸리지 않을 것이다.

더욱이 존 존스가 고집을 꺾고 새롭게 작업을 한 것임에도 불구하고 녹음은 큰 마찰 없이 빠르게 진행되었고, 또 완성도는 더욱 높아져 손을 볼 곳도 별로 없었다.

"제가 한 게 뭐 있나요. 저는 그저 제가 작곡한 곡이 제대로 불러지는지만 구경했을 뿐인데."

하비의 공치사에 수현은 겸손하게 대답을 하였다.

"그렇지 않아. 네 조언이 이번 앨범은 물론이고, 존의 미래에도 많은 영향을 주었어."

프로듀서인 하비는 수현이 존에게 얼마나 큰 영향을 주었는지 알 수 있었다.

존 존스는 이번 일로 많은 발전을 이루었다.

실제로 이번 음반이 발매되면서 존 존스는 LA뿐만 아니라 전국적으로 이름을 알리게 된다. 또한 그의 타이틀곡이 수현의 작품이란 사실이 알려지면서 로열 가드와 수현의 팬들이 앨범을 구입하면서 그의 이름은 미국뿐만 아니라 전 세계로 퍼지게 된다.

물론, 그건 앞으로 몇 달 뒤의 이야기이지만 말이다.

그랬기에 존 존스는 자신이 얼마나 대단한 가수이자 래퍼로 이름이 높아질지 모른 채 웃으며 이야기를 나눌 뿐이었다.

그리고 수현도 이 일을 계기로 배우와 아이돌 가수로서의 이름뿐만 아니라 작곡가로서도 상당한 실력이 있다는 것을 세상에 알리게 된다.

그도 그럴 것이, 빌보드 톱 10에 들어가는 곡을 작곡한 실력을 누가 의심하겠는가.

물론, 빌보드가 음악 실력을 가늠하는 절대적인 기준은 아니지만, 전 세계적인 음악 인기 순위를 나타내는 차트이기에 충분히 그렇다고 말을 할 수도 있었다.

Chapter 9

마리아 료코와의 재회

킹덤 엔터 사장 이재명의 사무실은 늦은 시간에도 불이 꺼지지 않고 있었다.

작년에 벌어진 스캔들로 인해 소속 연예인들이 많이 이탈하는 바람에 업무가 줄어들 만도 하지만, 아이러니하게도 사무직 직원들의 업무는 더욱 늘어났다.

그도 그럴 것이, 다른 연예 기획사로 이탈한 연예인들과 남은 전속 기간에 대한 계약 불이행, 지출 및 정산 금액 지급에 관한 업무 처리 등이 남아 있기 때문이다.

또 밀려드는 출연 계약 취소와 이를 만회하기 위해 새로운 계약을 따는 일 등 킹덤 엔터의 사무직 직원들의 업무는 오히려 전성기때보다 배는 더 늘어났다.

그나마 시간이 지나면서 줄어든 소속 연예인에 대한 완벽 이상의 케어와 활동하는 스타들의 해외 스케줄이 늘어나면서 수익 면에서는 국내 활동에 전념할 때보다 소폭 늘어나면서 킹덤 엔터를 흔들던 외풍이 오히려 소속감과 내실을 다지는 데 이바지를 하게 되었다.

이런 것을 흔히 새옹지마라고 했던가.

비록 킹덤 엔터의 입장에서는 화와 흉이 된 사건이 연달아 터졌지만, 결과적으로는 방만하고 또 소속 연예인들에게 소홀했던 것들이 사라지면서 길이 되고 복이 되었다.

사건이 일어난 지 어느덧 1년이 훌쩍 넘었다.

대한민국 연예계는 하루에도 수시로 사건과 사고가 발생한다.

그러니 1년도 더 된 스캔들에 관심을 가지는 사람이 얼마나 되겠는가. 더욱이 킹덤 엔터가 작은 구멍가게도 아니고, 적극적 홍보와 더불어 진실을 밝히면서 킹덤 엔터에 쏠리던 색안경 낀 시선은 사라졌다.

더욱이 킹덤 엔터에서 가장 인기를 끌고 있던 최유진이 작년에 갑작스럽게 은퇴를 선언하고 미국으로 떠났다.

스캔들이 터진 직후, 앓고 있던 우울증이 악화되면서 최유진은 어수선한 국내에선 우울증 치료가 불가능하다 판단했다. 그런 후, 결국 치료를 위해 한국에서의 모든 영광을 내려놓고 미국으로 떠났다.

그렇게 미국으로 떠나면서 최유진은 사람들의 관심에서 잊혀진 듯했는데, 얼마 전 깜짝 재혼으로 다시 한국의 연예계를 놀라게 만들었다.

그 때문에 작년 최유진과 함께 스캔들에 휘말린 수현에 대한 이야기도 잠깐 언급되기도 했다.

또한 최근 로열 가드의 컴백에 리더인 수현이 참여하지 않은 부분에 대해서도 재조명되기 시작했다.

그러면서 수현과 최유진에 관한 스캔들이 또다시 화제에 오르자 당시 스캔들을 조작한 전직 국회의원들의 이름이 한 번 더 거론되었다.

때문에 여론의 시선은 연예계가 아닌 정치권으로 넘어갔다.

처음 수현에 대한 스캔들이 단순한 특종을 노린 기자의 오보로 끝날 수도 있던 가십을 여당 의원이 자신의 잘못을 감추기 위해 조장한 것이 뒤늦게 밝혀졌던 큰 사건.

최유진의 재혼 소식으로 시작된 뉴스가 이제는 마치 산꼭대기에서 구른 눈뭉치가 점점 덩치를 키우다 눈사태로 변한 것처럼 광풍이 되어 정치권을 강타했다.

어떻게 보면 피해자인 킹덤 엔터에게 유리할 수 있는 호재이지만, 솔직히 그리 반길 만한 이슈는 아니었다.

이제는 시간이 흘러 사람들의 관심에서 사라진 일을 굳이 끄집어내서 수면 위로 떠오르게 만든 것이 좋지만은 않았다.

연예계 스타들의 스캔들은 똥과 같았다.

똥은 더럽고 냄새가 많이 난다. 그렇기에 누군가는 치워야 한다.

하지만 생 똥은 그 냄새 때문에 치우는 이도, 지켜보는 이도 고역이다.

그러니 이를 치우기 위해선 전문가가 필요한 것이다.

그렇지 못할 시에는 시간이 흘러 냄새가 나지 않게 되었을 때, 치우는 것이 최선이다.

수현과 최유진의 스캔들도 마찬가지다.

시간이 흘러 사람들의 관심이 사라질 때까지 그냥 놔두는 것이 최선이었다.

특히나 정치권과 연관된 스캔들이라면 당사자나 소속사에서는 어떻게 손을 댈 수도 없다.

그러니 시간이 흘러 사람들의 관심이 사라질 때까지 기다

려야만 하는 것이다.

킹덤 엔터 역시 어쩔 수 없이 그런 선택을 하였다.

그랬기에 우울증이 심해진 최유진이 연예계를 은퇴하겠다고 했을 때도 적극적으로 말리지 않았다.

세월이 흘러도 클래스는 변하지 않는다고 했던가.

아시아의 여왕 최유진의 인기는 국내에서야 비록 시간의 흐름을 비껴가지 못했지만, 아시아에서는 아직도 최고의 여배우이며 아시아를 대표하는 스타 중 하나였다.

비록 인기가 예전만 못하다고 하지만, 그래도 최유진은 최유진이었다.

그런 최유진이 은퇴를 선언을 했을 때, 잠시 만류를 하긴 했지만 이재명은 그녀의 선택을 인정했다.

그래서 우울증이 치료되고 사람들의 기억에서 스캔들에 대한 내용이 사라졌을 때, 킹덤 엔터에 임원으로 돌아와 달라는 조건을 걸었다.

하지만 우울증 치료를 위해 미국으로 떠난 최유진이 이재명 사장의 바람과는 다르게 재혼하면서 안주를 하였다.

지금까지 아픈 상태임에도 최고의 스타로 자리 잡고 킹덤 엔터를 키워온 최유진이었다. 이재명 사장은 그런 최유진의 선택을 거부할 수가 없었다.

그에게는 최유진이 단순히 한 명의 스타가 아니기 때문이다.

그가 사장으로 있는 킹덤 엔터와 최유진은 동일한 존재인 것이다.

최유진은 킹덤 엔터, 그 자체였다. 최유진이 있었기에 지금의 킹덤 엔터가 존재하는 것이다.

작은 기획사로 시작한 킹덤 엔터, 그곳에서 가수로 데뷔한 최유진, 아이돌 그룹 데뷔의 실패.

회사 규모가 작다 보니 최유진의 그룹을 받쳐 줄 수가 없었다.

하지만 최유진이 속한 아이돌 그룹이 실패를 한 것이지, 최유진이 실패를 한 것은 아니다.

실제로 다른 멤버들은 그룹의 실패와 함께 연예계를 떠났지만, 최유진은 포기하지 않고 연기자로 전환하며 성공적으로 배우 데뷔를 이뤘다.

뒤늦게 그녀의 아이돌 데뷔가 재조명되면서 그녀가 부른 노래들이 역주행을 하기 시작했다.

그렇게 최유진이 세계적인 스타가 되면서 킹덤 엔터도 대형 기획사로 발전할 수 있었다.

그러니 이재명 사장에게는 자신이 키운 킹덤 엔터와 최유

스타라이트

진이 다르게 보이지 않았다.

그렇기에 최유진의 재혼을 단순하게 받아들이지 않았다. 마치 딸이 결혼을 하는 것 같은 느낌에 바쁜 와중에도 미국까지 날아가 그녀의 재혼을 축하해 주었다.

한 번 실패를 맛본 최유진의 행복을 누구보다 빌고 있는 이재명이었다.

그런데 이제는 행복할 일만 남은 최유진의 기사가 터진 것 때문에 이재명에게 때 아닌 불똥이 튀기 시작했다.

잊혀져 가던 사건이 사람들의 입방아에 오르면서 로열 가드의 리더 수현이 로열 가드 컴백에 참여하지 않은 이유가 팬들 사이에서 엉뚱하게 해석되어 퍼지기 시작한 것이다.

분명 킹덤 엔터에서는 공식 입장으로 수현이 로열 가드의 컴백에 참여하지 않은 것은 중국에서 벌어진 총격 사건 때문에 그런 것이라 발표를 했다.

킹덤 엔터의 입장에선 로열 가드 컴백의 가장 좋은 그림은 완전체로 컴백을 하는 것이다.

하지만 그렇게 하기 위해선 로열 가드의 컴백 시기를 올 연말쯤으로 늦춰야 한다.

당연하게도 로열 가드의 컴백을 더 이상 늦출 수는 없

었다.

로열 가드의 국내 활동이 마무리된 것은 작년 가을이다.

그 뒤로는 해외 활동만 하였고, 그마저도 올해 3월부로 활동을 중단했다.

그런데 연말까지 컴백을 늦춘다는 것은 자칫 로열 가드의 위상이 흔들릴 수도 있는 문제였다.

그렇다고 언제까지고 해외 활동만 할 수는 없었다.

외국에서만 계속 활동하는 것도 문제가 될 수 있는데, 리더인 수현 없이 해외 활동을 이어간다고 하면 국내 팬들은 지금보다 더 강하게 질타할 것이다.

이런 문제로 진퇴양난에 빠진 킹덤 엔터는 어쩔 수 없이 리더인 수현 없이 로열 가드의 컴백을 진행한 것이었다.

또한 컴백 당시 수현이 동영상으로 자신이 로열 가드의 컴백에 빠진 것에 대한 사과를 하고 몸을 추스르기 위해 올 연말까지 휴식을 취하기로 했다는 이야기와 함께 휴가 계획까지 들려주었다.

이렇듯 사방에서 노력한 끝에 로열 가드의 컴백에 수현이 빠진 문제는 일단락되었다.

팬들의 반응도 이해한다는 입장이었다.

그런데 최유진이 재혼을 하면서 수현이 로열 가드의 컴백에서 빠진 이유가 재조명받게 되었다. 당시의 일이 재점화되며, 급기야 수현이 중국에서 총을 맞게 된 것도 다 그 일 때문이라는 어처구니없는 소문까지 나왔다.

그러다 보니 정치권에서도 당시 스캔들과 연관이 된 전직 국회의원들과 그들이 소속된 현 여당에 대한 야당의 질타와 국민들의 따가운 시선이 몰렸다.

그 때문에 이재명 사장은 또다시 올초에 그런 것처럼 자신들이 벌인 일도 아닌 일로 불이익을 당하지 않을까 하는 걱정으로 표정이 심각해졌다.

똑똑.

이재명 한참 고민을 하고 있을 때, 노크 소리가 들렸다.

"들어와요."

덜컹.

"찾으셨다고 들었습니다."

문을 열고 안으로 들어온 사람은 로열 가드의 총괄 매니저인 전창걸이었다.

"아, 그래. 이리 와서 좀 앉지."

이재명 사장은 사무 책상에서 일어나 회의 테이블로 이동했다.

"요즘 시끄러운 것 알지?"

이재명 사장은 거두절미하고 전창걸에게 물었다.

"예."

전창걸은 이재명 사장의 질문에 바로 대답을 하였다.

그 또한 요즘 연예가에 시끄럽게 떠돌고 있는 소문을 익히 들어 알고 있다.

"얘들은 어때?"

"아무 이상 없습니다."

"그래? 동요하는 애들이 없단 말이지?"

"네. 저도 걱정이었지만, 의외로 애들이 신경 쓰지 않고 있습니다."

이재명은 요즘 재점화된 최유진과 수현의 스캔들로 인해 혹시나 로열 가드 멤버들이 동요하지 않을까 걱정했다.

하지만 그런 걱정을 불식시키기라도 하듯 로열 가드를 총괄하고 있는 전창걸은 단호하게 대답을 하였다.

작년 한창 스캔들이 전국을 떠들썩하게 만들 때에도 다른 멤버들은 그 어떤 동요도 없었다.

리더인 수현에 대한 굳건한 믿음이 있었기에 그 스캔들을 믿지 않은 것이다.

스타라이프

오히려 억울하게 피해를 본 수현을 위해 화를 내기도 했다.

"이번에는 굳이 저희가 나서서 그 문제를 떠들 필요는 없을 것 같습니다."

처음 소문이 터졌을 때, 전창걸은 그 추이를 예의 주시했다.

어떤 식으로 소문이 나돌지 모르기에 일이 벌어진 순간부터 한 번도 긴장을 놓치지 않고 관찰을 한 것이다.

그런데 이번에 다시 불거진 소문은 작년과는 다른 양상을 띠고 있었다.

작년에는 스캔들의 당사자인 최유진과 수현에게 집중되어 마치 인민재판을 연상케 할 정도로 비난을 쏟아냈다면, 이번에 다시 점화된 소문은 당시 스캔들을 배후에서 조종했지만 아무런 처벌도 받지 않고 흐지부지 마무리하며 슬그머니 뒤로 빠진 국회의원들에 대한 비난이 주를 이뤘다.

"아이들이 동요가 없다니 다행이군. 그럼……."

이재명은 잠시 고개를 끄덕이다 전창걸을 돌아보며 물었다.

"요즘 수현이는 뭐 하고 있나?"

텐진 TV에서 방영하던 대금위의 촬영을 마친 수현은 연말까지 장기 휴가를 받았다.

중간에 최유진의 재혼 소식을 듣고 결혼식에 참석한 것까지는 이재명도 알고 있었다.

하지만 그 뒤로 어떻게 보내는지는 알지 못했다.

그만큼 그가 신경을 써야 할 것들이 많았기 때문이다.

"네. 얼마 전에 수현이가 작곡한 곡 하나를 미국에서 판다고 연락이 왔었고……."

"뭐? 수현이가 작곡을 해?"

"예. 들어보니 앨범 제작을 해도 될 정도였습니다."

마치 자식을 자랑하는 부모마냥 전창걸은 흐뭇한 표정으로 설명을 하였다.

"정말 그놈은 알수록 놀랍군, 놀라워."

이재명 사장은 허탈한 표정이었다.

처음 경호 지원자로서 수현을 보았을 때는 짧은 머리에 구릿빛으로 그을린 갓 제대한 군인 같은 모습이었다.

당시 최유진의 복귀작이 정치와 민감한 주제가 아니었다면 굳이 경력도 없고, 또 전문가도 아닌 수현을 경호원으로 쓰지 않았을 것이다.

만약 그랬다면 최유진이 재기를 하는 데 상당한 시간이 걸렸을 테지만.

다행히 당시에도 수현이 경호원으로서 역할을 제대로 해 주었다.

영화 촬영을 하는 동안 그녀를 마뜩치 않게 생각하던 경호 회사를 혼내주고, 그녀를 위협하던 킬러에게서 구해준 것은 물론이고, 범인까지 잡았다.

그것이 인연이 되어 수현과 단기 계약을 맺은 것을 1년 더 연장하였다.

그런데 경호원으로서 유능하다고만 생각을 하던 중 또 다른 재능을 발견했다.

모델의 재능을 발견한 포토그래퍼에 의해 전문 모델이 되었다.

하지만 수현의 재능은 그것만이 아니었다.

어느 순간 춤에 대해 재능을 뽐내더니, 가수로서의 재능까지 선보인 것이다.

그것도 다년간 킹덤 엔터에서 데뷔를 준비하던 연습생들의 재능을 능가하는 실력을 선보이며 당당하게. 결국 늦은 나이임에도 아이돌 가수로 데뷔를 하게 됐다. 그것도 모자라 자신이 속한 그룹을 스타의 자리에 올려놓았다.

그런데 수현의 재능은 그것이 끝이 아니었다.

다양한 외국어를 현지인과 다름없을 정도로 능숙하게 구

사하는 것은 무론이고, 연기마저 섭렵했다.

정말로 신의 사랑을 한 몸에 받고 있다고 믿을 정도였다.

정상 범위를 벗어나면 놀랍지도 않다고 했던가.

그 말 그대로 이번에 작곡까지 했다는 말에 더 이상 놀랄 힘도 없었다.

"이야기는 해봤나?"

"예. 로열 가드가 부르기에는 맞지 않는 곡이라고 하더군요."

장천걸은 사장인 이재명이 물어보는 게 수현이 팔았다는 곡에 대한 이야기임을 눈치챘다.

수현과는 가수와 연기자로서 매니지먼트 계약을 한 것이지, 작곡에 대한 매니지먼트 계약을 맺은 것이 아니기에 그 노래를 어떻게 사용을 하든 킹덤 엔터에서는 관여할 수 없었다.

그도 그럴 것이, 이재명 사장을 비롯한 킹덤 엔터의 어느 누구도 수현에게 작곡가로서 재능이 있을 것이라고는 상각하지 못했기 때문에 그에 대한 계약을 맺지 않았다.

그러다 보니 수현이 좋은 곡을 작곡했다는 소리에 살짝 아쉬움이 드는 이재명이었다.

"수현이도 아이들에게 맞는 곡이면 굳이 외부로 돌리지

않겠다고 했습니다."

"그래? 그나마 다행이군."

*　　　　*　　　　*

"하아……."

수현은 어딘가를 멍하니 응시하며 한숨을 쉬었다.

그가 현재 바라보고 있는 곳은 영화 세트장이다.

많은 사람들이 분주하게 움직이며 각자 자신이 맡은 역할에 충실하고 있었다.

하지만 모든 사람들이 촬영에 열중하고 있는 것은 아니었다.

바삐 움직이는 사람들과 달리 수현만은 혼자 동떨어져 이렇게 한숨을 쉬고 있는 중이었다.

수현이 지금 이런 행동을 하는 데는 이유가 있었다. 이곳이 자신의 자리가 아니기 때문이다.

부상의 후유증을 극복하기 위해서란 명분으로 로열 가드의 리더로서의 의무도 뒤로하고 여행을 떠났다.

원래대로라면 유럽을 여행한 후에 미국을 들를 예정이었지만, 최유진의 결혼식이 있어서 순서를 변경하게 되었다.

비록 최유진의 결혼식에서 마음을 다스리지 못하고 자리를 뛰쳐나오기는 했지만, 그것을 제외하고는 지금까지 계획은 순조로웠다.

물론, 모든 일이 계획대로 된다면 얼마나 좋을까 싶냐마는…… 우연히 만난 지인으로 인해 억지로 영화 촬영장에 구경을 오게 되었다.

그러다 보니 수현은 꿔다 놓은 보릿자루마냥 촬영장에 어울리지 못하고, 물 위에 둥둥 떠다니는 기름처럼 겉돌았다.

사실 할리우드의 영화 촬영장은 아무나 들어올 수 있는 곳이 아니다.

아니, 할리우드뿐만 아니라 어느 나라든 영화나 드라마 촬영장은 관계자 외 출입 금지다.

그럼에도 수현이 이곳 촬영장에 들어올 수 있는 이유 중 하나가 수현을 이곳으로 데려온 지인이 바로 지금 촬영하고 있는 영화의 출연진이라는 사실이었다.

한때 수현과 함께 스캔들에 휘말린 일본의 여배우, 마리아 료코가 바로 그 주인공이었다.

이곳 LA에서 마리아 료코를 만난 것은 정말 우연이었다.

수현은 자신이 작곡한 곡을 래퍼인 존 존스에게 판매를 하였다.

판매할 곡이 제대로 불리는지 확인차 그의 레이블에서 존 존스의 노래를 들어보고 계약을 맺었다.

원칙적으로 수현의 일은 그것으로 끝났다.

하지만 노래를 부를 존 존스가 도와달라고 부탁을 했다. 수현 본인도 자신의 곡이 처음으로 남에게 불리는 게 궁금했기에 LA에 머무는 동안 존 존스의 레이블에 출근하며 구경을 하였다.

그 때문에 원래 LA에 머물기로 했던 일정을 이틀이나 초과하게 되었다.

물론, 일주인간 빌린 집은 비워줘야만 해서 이틀 동안은 호텔에 묵었다.

그렇지만 후회는 없었다. 존 존스가 자신이 의도한 대로 곡을 불렀고, 그것을 구경하면서 수현도 많은 것을 경험하며 느꼈기에 음악적으로 소득도 있었다.

그런데 일은 그다음에 벌어졌다.

수현이 존 존스가 앨범 녹음이 마무리되는 것을 확인하고, 마지막 인사를 하고 나오다 우연히 근처를 지나던 마리아 료코와 만난 것이다.

아니, 마리아 료코가 수현을 발견했다.

작년 스캔들이 터지고 난 후, 근 1년 만에 만나는 두 사람이었다.

정확히는 1년하고 2개월여 만이다.

마리아 료코는 너무도 오랜만에 타국에서 우연히 만난 수현과 바로 헤어지기가 아쉬워 억지로 이곳까지 끌고 왔다.

그 때문에 수현은 예약한 비행기 티켓을 취소해야만 했다.

"컷! 오케이. 다음 촬영은 30분 뒤, 신 4—16의 닌자가 주인공을 죽이기 위해 침투하는 신이야."

감독은 다음에 촬영할 장면을 배우들과 스텝들에게 설명하고 자리를 떠났다.

웅성웅성.

곧 스텝과 배우들도 그곳을 빠져나왔다.

스텝은 스텝대로 다음 촬영을 준비하기 위해, 그리고 배우는 배우대로 휴식 겸 대본을 확인하러 이동했다.

저벅저벅.

"수현 상, 심심했죠?"

마리아 료코는 수현에게 다가와 사과부터 했다.

자신의 고집으로 인해 수현이 낯선 곳에서 덩그러니 놓인 것에 미안한 마음이 들었기 때문이다.

　길거리에서 우연히 만난 수현과 그대로 헤어지기 아쉬워 그를 촬영장까지 데려오긴 했지만, 뒤늦게 후회가 됐다.

　자신은 영화 촬영 때문에 정신이 없어 수현을 챙겨줄 수 없다는 것을 깨달은 것이다.

　더욱이 수현은 관계자가 아니기에 함부로 촬영장을 돌아다녔다가는 어떤 봉변을 당할지도 모를 문제였다.

　영화에 출연하는 배우들이 종종 자신의 친구나 가족을 촬영장에 데려와 구경을 시켜주기는 하지만, 이는 사실 무척이나 조심스러운 문제였다.

　자칫 촬영 중인 영화나 드라마가 사전에 유출될 수 있기 때문이다.

　만약 그런 일이 발생한다면 제작사 측에서는 막대한 금전적 손실을 볼 수도 있기에 외부인을 데려오는 일은 사전에 허락을 요한다.

　하지만 마리아 료코는 그러한 규칙을 위반하였다.

　원칙적으로 그런 문제를 일으킨 마리아 료코는 물론이고, 수현도 불이익을 당할 수 있는 문제였다.

하지만 제작사 측에서 마리아 료코를 봐서 이번 한 번만 허락해 주었기에 수현이 촬영장에 들어올 수 있었다.

다만, 함부로 촬영장 내부를 돌아다니거나 사진 촬영을 하지 않겠다는 사인을 하고서야 가능했다.

솔직히 수현은 그렇게까지 해서 촬영장에 들어오고 싶은 생각은 없었다.

그렇지만 작년, 자신 때문에 뜻하지 않은 스캔들에 휘말리며 피해를 입은 그녀에게 미안한 감정이 있었기에 그녀가 원하는 대로 해주기로 했다.

"아닙니다. 그런데 이 영화는 어떤 내용입니까?"

현장을 돌아다닌 것은 아니지만, 마리아 료코를 따라 이곳에 오면서 살짝 본 것이 있기에 묻는 것이었다.

"아, 네. 괴수대전이라는 영화예요."

"괴수대전이요?"

"네. 저희 일본의 대표 괴수인 갓질라와 이곳 미국의 대표 괴수인 자이언트 콩이 힘을 합쳐 외계인이 지구 정복을 위해 보낸 외계 괴물들을 물리친다는 내용이에요."

마리아 료코는 수현의 질문에 신이 난 듯 자세히 설명을 해주었다.

그녀의 이야기를 들어보니, 전형적인 B급 괴수 영화였다.

이를 할리우드식 자본을 들여 제작한, 조금 신경을 쓴 괴수 영화, 그 이상도 이하도 아닌 영화였다.

수현도 연예인이 되기 전에는, 아니, 정확하게는 군대를 제대하기 전에는 종종 그런 영화를 보았다.

한국에서도 그런 영화를 찍는 개그맨 출신 영화감독이 있었다.

특이한 인연이긴 하지만, 수현이 복무한 군부대가 바로 그 개그맨 출신 감독이 나온 부대이기도 해서 영화 촬영에 협조를 해주기도 했다.

대한민국 군부대 중 최초로 실제 군부대가 국방 홍보 영화도 아닌 상업 영화에 나오게 된 것이다.

뭐, 초기 작품이라 그런지, 영화는 그리 좋은 성적을 거두지는 못했다.

괴수 영화라고는 하지만 아이들의 눈높이에 맞춰진 영화라 겨우 손익분기점을 넘긴 영화였다.

잠시 옛 생각을 떠올린 수현은 다시 마리아 료코에게 집중하며 대화를 이어 나갔다.

"그럼 괴물들은 모두 CG 처리가 되나 보죠?"

솔직히 별 관심도 없지만 수현은 그래도 앞에 앉아 있는 마리아 료코를 생각해 관심이 있는 척 질문을 던졌다.

"아뇨."

마리아 료코는 단호하게 부정했다.

"그렇게 했다가는 촬영 예산이 블록버스터급으로 늘어날 거예요."

수현은 그러면 어떻게 괴수 촬영을 하려는지 이해가 가지 않는다는 표정을 지었다. 그에 마리아 료코가 빙그레 웃으며 추가 설명을 해주었다.

"저기, 저 건물 보이시죠?"

마리아 료코는 한 건물을 가리켰다.

"네."

"저곳에 제가 출연하는 영화의 비밀 병기가 숨어 있어요."

미소를 지으며 이야기를 하는 그녀는 마치 개구쟁이 아이가 자신의 아지트를 친구에게 소개하듯 짓궂은 표정을 지어 보이며 속삭였다.

"1/50 크기로 줄인 세트장이에요. 그곳에서⋯⋯."

대충 이야기를 들은 수현도 고개를 끄덕였다.

어떻게 보면 괴수 영화 촬영의 고전적인 방법이 총동원된 촬영이었다.

그러면서 수현은 역시 할리우드란 생각이 절로 들었다.

물론, 한국도 이와 비슷한 방법으로 영화 촬영을 한다.

다만, 그 디테일을 어느 정도까지 신경을 쓰느냐의 차이인데, 자본이 풍부한 할리우드는 확실히 끝마무리도 확실했다.

"그런데 촬영은 언제 끝나는데요?"

수현이 듣기에 할리우드의 영화 촬영 방식은 한국과는 많이 달랐다.

아침 일찍부터 저녁 늦게까지 시간에 관계없이 그날 배우와 스텝, 그리고 감독의 기분에 따라 찍는 신의 숫자가 결정되는 한국과 다르게 할리우드에서는 타이트하게 계획이 잡혀 있다고 들었다.

"음……."

마리아 료코는 수현의 질문에 잠시 시계를 쳐다보았다.

시계의 시침이 2시 반을 넘어 3시로 향하고 있었다.

"앞으로 두 시간 정도 더 촬영을 하면 오늘 촬영은 끝날 것 같아요."

"그래요? 그럼 저녁이나 함께해요."

오랜만에 만난 마리아와 이대로 헤어지기는 좀 아쉽다는 생각이 들어 수현은 저녁 식사를 제안했다.

"좋아요!"

수현의 저녁 제안이 기쁜 듯 마리아 료코의 볼이 살짝 상기되었다.

작년, 그와 엮인 스캔들로 곤욕을 치르면서 관계가 약간 소원해지기는 했지만, 마리아 료코는 여전히 수현에게 호감을 품고 있었다.

그러던 차에 수현이 먼저 저녁을 제안하자, 예전 일본에서 데이트를 하던 때가 생각나 살짝 심장이 두근거렸다.

Chapter 10

동물원에서 생긴 일

웅성웅성.

식당에는 많은 사람들이 저마다 대화를 나누고 있었다.

"자주 왔나 봐요, 이런 곳을 다 알고?"

마리아 료코는 식당 안을 둘러보며 작게 이야기를 꺼냈다.

수현과 그녀가 있는 곳은 '마르코폴로' 라는 퓨전식 이탈리아 레스토랑이었다.

마리아 료코가 이탈리아 음식을 좋아한다는 걸 몇 번의 데이트를 통해 알게 된 수현은 그녀를 위해 이곳을 예약했다.

물론, 다른 사람의 도움을 받았다.

수현이 도움을 청한 사람은 바로 이곳 LA에서 인연을 맺은 존 존스였다.

둘 모두 나이도 비슷하고, 음악을 한다는 것과 운동을 좋아한다는 등 공통점이 많아 며칠 만에 친해지게 되었다.

사실 친구가 된 존 존스의 부탁만 아니었어도 수현은 곡 계약이 끝나자맞자 LA를 떠날 계획이었다.

하지만 수현을 그대로 보낼 수 없다며 존 존스가 붙잡는 바람에 LA에서의 체류 기간이 늘어난 것이다.

"아닙니다. 여기는 이곳에 와서 사귄 친구가 추천을 해줘서 알게 된 곳이에요."

마리아 료코의 질문에 수현은 미소를 지어 보이며 대답해 주었다.

영화 촬영장에서도 보긴 했지만, 그때는 촬영을 신경 쓰느라 수현의 미소를 제대로 음미하지 못했다.

하지만 지금은 다른 어떤 것에도 방해를 받지 않는 공간이다 보니 그녀의 눈에 부드러운 수현의 미소가 한가득 들어왔다.

'역시 멋있어!'

마리아 료코는 오래전에 데뷔해 드라마는 물론이고, 예능 프로그램과 영화에 출연하면서 많은 연예인들을 만나보았다.

때로는 깊은 관계까지 발전을 한 사람도 있고, 그저 몇 번의 짧은 만남으로 스쳐 지나간 인연도 있었다.

그렇지만 수현만큼 느낌이 좋은 경우는 지금껏 한 번도 없었다.

보고만 있어도 입가에 미소가 절로 생기는 남자를 만난다는 것은 커다란 행운이다.

그런 존재가 바로 눈앞에 앉아 자신을 보며 부드럽게 미소를 지어주고 있으니, 이 얼마나 행복한 시간이란 말인가.

사실 마리아 료코는 할리우드에 와서 무척이나 스트레스를 받고 있었다.

외모야 스페인계 미국인 아버지의 영향으로 서양인들과 별반 다르지 않지만, 언어만은 그렇지 못했다.

일본에서 나고 자란 마리아 료코의 영어는 외모와는 다르게 형편없었다.

할리우드 진출을 목적으로 피나는 노력 끝에 많이 나아졌다고는 하지만, 의식하지 않고 이야기를 할 때면 종종 일본식 발음이 튀어나왔다.

그 때문에 촬영 중 몇 번의 NG를 내기도 했다.

완벽주의자인 그녀에게 그것은 용납할 수 없는 실수였다.

본인 스스로 받는 스트레스뿐만 아니라 영화감독이나 제작사으로부터도 그에 대해서 말이 많았다.

그동안 혼자 끙끙 앓으며 중도에 포기하고 돌아갈까 생각한 적도 한두 번이 아니었다.

일본에서는 톱스타의 자리에 올랐지만, 이곳 할리우드에서는 전혀 그렇지 않다.

그저 조금 유명한 일본의 연기자일 뿐이다.

비록 외모는 서양인과 비슷하지만, 나고 자란 곳이 일본이다 보니 마리아 료코의 생각도 완전 일본식이었다.

겨우 할리우드에 진출했는데, 본인이 힘들다는 이유로 촬영에서 하차한다는 민폐를 끼칠 수는 없었다.

한 나라의 톱 여배우로서 결과도 내지 못하고 중도 포기를 한다는 것은 본인 스스로 용납할 수 없는 것은 물론이고, 팬들의 실망도 어마어마할 것을 잘 알기에 억지로 참고 견뎠다.

힘들게 지내고 있을 때, 우연히 수현을 만났다.

그때는 정말이지 하늘에서 구원의 빛을 본 듯한 기분이었다.

그래서 무작정 수현을 이끌고 영화 촬영장으로 데려온 것

이다.

수현이 곁에 있는 것만으로 그녀는 힘을 얻었고, 실제로도 오늘 그녀는 단 한 번의 NG도 내지 않았다.

"아, 너무 좋다."

"네?"

식사를 하던 중 갑자기 튀어나온 그녀의 말에 수현은 의아한 표정을 지으며 물었다.

"방금 무슨 말 하셨죠?"

"아, 아니에요. 그냥 지금 이 순간이 너무 기분 좋아서 한 말이에요."

마리아 료코는 자신도 모르게 입 밖으로 흘러나온 말에 수현이 반응하자 얼른 얼버무렸다.

비록 수현이 나이는 어리지만, 마리아 료코는 그런 생각을 지금까지 단 한 번도 한 적이 없었다.

TV 예능 프로그램에 게스트로 출연하면서 수현을 처음 보았다.

그 당시에도 수현은 나이보다 더 어려 보이는 동안을 가지고 있었다.

그럼에도 마리아는 수현에게서 듬직하고 자신을 보호해 줄 수 있을 것 같은 남자다움을 느꼈다.

그녀가 만나본 사람 중에는 수현보다 나이가 더 많은, 아니, 마리아 자신보다 훨씬 나이가 많은 사람도 있고, 또 수현과 비슷한 나이의 남자도 있었다.

하지만 어느 누구에게서도 수현처럼 듬직하게 자신을 보듬어줄 것만 같은 느낌을 받지는 못했다.

그랬기에 처음 수현을 보고 한눈에 반했는지도 몰랐다.

좋아하고 감정을 가지고 있기에 데이트를 하면서 알 수 있었다.

수현도 자신에게 호감을 가지고는 있지만, 그뿐이란 것을 말이다.

이미 그의 마음속에는 다른 사람이 들어가 있었다.

그래서 스캔들이 터졌을 때, 더 이상 연락을 하지 않았다.

마리아 료코는 그때 알게 되었다.

수현의 마음속에 있는 사람이 자신과 함께 스캔들에 연관된 그녀란 것을 말이다.

처음 스캔들이 터졌을 때는 조금 황당하기도 하고, 또 다른 한편으로는 살짝 기대도 했다.

수현의 마음속에 있는 그녀가 자신보다도 더 연상이란 것을 알고, 또 그녀가 자신보다 더 대단한 스타란 것을 알게 되었지만, 수현이 여자의 나이에 그리 연연하지 않다는 것을 알고 오히려 안심이 되었다.

그럼에도 연락을 하지 않은 것은 수현이 스캔들로 인해 힘든 시기를 겪고 있기에 자신까지 진흙탕에 뛰어들어 그를 더 혼란스럽게 만들지 않기 위해서였다.

물론, 일본의 여론 역시 좋지 않은 상황이라 함부로 연락을 할 수 없었다.

일본은 방송이나 사회 전반에 걸쳐 우익의 입김이 닿지 않는 곳이 없다.

무엇보다 방송가에서는 한국 연예인들에 대한 규제가 있다는 소문이 돌고 있었다.

그런 소문이 사실일 거라 확신한 이유는 활발하게 활동하던 한국 출신의 연예인들이 점점 방송에서 사라지고 있기 때문이었다.

한국 출신 연기자들 중 자신을 능가하는 인기를 얻고 있던 윤선하도, 또 개그우먼으로 최고의 인기를 끌던 조이련이나 한국 드라마 열풍에 힘입어 한류 스타로 일본에서 우뚝 선 스타들도 더 이상 나오지 않고 있었다.

그것만 봐도 소문이 그저 거짓만은 아니란 것을 알 수 있었다.

그러니 혹시라도 스캔들 기사로 자신과 연관된 수현에게
불이익이 가지 않을까 싶어서 조심했다.

당연히 수현에게서도 연락이 오지 않았다.

이해할 수 있었다. 스캔들의 당사자인 수현 역시 정신없
고 조심스러웠을 것이다.

비록 적극적으로 연락을 취한 것은 아니지만, 수현의 팬
카페에 들어가 그에 관한 정보를 수시로 확인했기 때문에
굳이 연락을 하지 않더라도 근황을 알 수 있었다.

수현이 마음속에 담고 있던 그녀가 한국에서 생활을 정리
하고 한국을 떠났다는 것.

물론 그녀의 우울증이 심해졌다는 대목에서 마음이 조금
아프긴 했지만, 그것도 잠시뿐이었다.

다른 사람의 불행을 슬퍼하기보단 자신의 행복이 우선이
고, 또 그녀가 한국을 떠났다는 것은 자신이 수현과 연결될
수 있는 확률이 높아질 수 있기에 그러하였다.

하지만 일이란 것이 사람의 생각대로만 흘러가지는 않
다.

스캔들 이후, 수현은 그녀의 바람대로 한국 국내의 활동
을 중단하고 해외 활동에 주력하겠다고 발표하였다.

여기까지는 마리아 료코의 예상에 어느 정도 부합되는 흐

름이었다.

그렇지만 결과적으로 수현의 행보는 그녀의 바람과 다르게 흘러갔다.

수현은 이미 많이 활동한 일본보다 중국을 활동 무대로 선택했다.

그런 선택을 내린 데에는 아마도 일본의 분위기 때문이 아닐까 생각하기도 했다.

그렇게 주 활동 무대를 옮긴 수현은 중국에서도 승승장구를 하였다.

그도 그럴 것이, 수현의 연기는 보는 사람을 매료시키는 무언가가 있기 때문이다.

"무슨 생각을 그렇게 해요?"

막 뭔가 떠오르려고 할 때, 수현이 마리아 료코를 부르며 물었다.

"아, 미안해요. 뭔가 생각하느라 못 들었어요."

"굳이 사과하지 않아도 돼요."

수현은 마리아 료코의 대답을 가볍게 흘러 넘겼다.

"그런데 아까 이곳에서 작곡을 했다고 했잖아요."

"네."

"와, 정말 대단하네요. 노래와 연기도 잘하면서 이번에는 작곡도……. 수현 상은 보면 볼수록 놀라워요. "

마리아 료코는 눈을 반짝이며 칭찬을 쏟아냈다.

하지만 그런 와중에도 마리아 료코의 마음 한편에서는 불안감이 싹텄다.

그도 그럴 것이, 모델과 아이돌 가수, 그리고 연기를 할 때도 엄청난 인기로 많은 여자들의 심장을 뛰게 만들던 수현이다.

그런데 이제는 작곡까지…… 정말이지, 말로만 듣던 만능 엔터테이너를 눈앞에 보는 마리아의 마음은 심히 불안할 수밖에 없었다.

더욱이 이곳 미국에도 수현을 좋아하는 여자들이 많았다.

수현이나 그가 소속된 로열 가드가 많이 알려진 것은 아니지만, 젊은 여성들 속에서 수현의 이름이 점점 퍼지고 있기 때문이다.

이는 아마도 미국 내에서 한국인이나 교포들이 이곳 LA에 가장 많이 살고 있기 때문이 아닌가 생각된다.

그런데 거기에 더해 미국에서 그가 작곡한 곡이 발표된다면. 어떻게 되겠는가. 분명 그의 이름은 순식간에 미 전역으로 퍼져 나갈 것이다.

그렇기에 마리아 료코는 수현이 작곡한 곡이 이곳에서 계

약하여 판매되었다는 사실에 기뻐하면서도 한편으로는 불안함을 떨칠 수가 없었다.

식사를 하고, 카페에서 차도 마시고, 또 클럽에 들러 음악에 맞춰 춤도 추었다.

오랜만에 만난 두 사람은 마치 그동안의 공백기가 존재하지 않은 듯 자연스럽게 데이트를 즐겼다.

뚜벅뚜벅.

끝이 없는 잔치가 없듯, 두 사람의 데이트도 시간이 흐르고 어둠이 깊어지자 이별의 순간이 다가왔다.

마리아의 숙소로 돌아오는 길에 두 사람은 말없이 그냥 걸었다.

하지만 그런 침묵도 오래가지 않았다.

"연말까지 휴가라면…… 아직 세 달이나 남았는데, 이제 어떻게 할 거예요?"

마리아 료코는 조심스럽게 물었다.

자신을 대함에 있어 언제나 조심스러운 마리아 료코의 모습에 수현은 잠시 그녀를 물끄러미 쳐다보았다.

그러다 시선이 마주치고 수현은 낮은 목소리로 대답을 하였다.

"일단, 미국에서 음악으로 유명한 곳들을 가보려고 해요. 그런 후에 시간이 남으면 유럽으로 건너가려고요."

수현은 미국에 오면서 세운 계획을 들려주었다.

원래 한국에서 세운 계획은 미국이 아닌 유럽이 먼저였지만, 결혼식 참가로 인해 틀어졌으니 그냥 여건이 되는 대로 여행을 다닐 생각이다.

그러다 샌프란시스코의 그레이 웨일 코브 스테이트 비치나 LA의 말리부 해변에서처럼 곡에 대한 영감이 떠오르면 작곡을 할 것이고, 그렇지 않다면 그냥 여행을 즐기며 휴식을 취할 예정이다.

"중국에서의 사고 후유증이나 그동안 스케줄 때문에 휴식도 취하지 못했는데, 이참에 원 없이 휴가를 즐길 계획입니다."

"부럽다. 나도 같이 갈 수 있다면 좋을 텐데……."

마리아 료코는 정말로 부러워했다.

"벌써 다 왔네요."

언제 도착했는지, 걷다 보니 벌써 마리아 료코의 숙소 앞이다.

쪽.

"들어가요"

수현은 집 앞에 도착하자 그녀의 입술에 살짝 키스를 하고 작별 인사를 건넸다.

"그러지 말고 잠깐 들어왔다 가요."

작별 인사로 입을 맞추는 수현을 보며 뭐가 그리 부끄러운 것인지, 마리아 료코는 눈도 마주치지 못한 채 작은 목소리로 수현을 잡았다.

"음……."

수현은 잠깐 들어오라는 그녀의 말에 심장이 살짝 두근거렸다.

다 큰 성인이, 그것도 매력적인 여성이 이 늦은 시간에 집에 들어오라는 유혹을 하는데 흔들리지 않을 남자가 어디 있겠는가. 더욱이 두 사람은 이미 서로에 관해 잘 알고 있는 사이이지 않은가.

끼이익.

수현과 마리아 료코, 두 사람은 자연스럽게 집 안으로 들어갔다.

마리아 료코와 데이트를 하고 이틀 뒤.

수현은 마리아 료코와 그녀의 친구, 그리고 가족들과 함께 동물원을 찾았다.

친구의 이름은 에이미 체스터, 그녀의 남편은 데이빗 체스터다.

두 사람 사이에는 케이트와 로이드라는 이름의 자식을 두고 있는데, 두 아이는 수현을 보자마자 무척이나 잘 따랐다.

그에 아이들의 아빠인 데이빗은 물론이고, 엄마 에이미도 깜짝 놀랐다.

낯선 사람을 두려워해 친할아버지에게도 잘 다가가지 않는 아이들이 처음 본 수현에게 스스럼없이 안겼기 때문이다.

이제 겨우 4년 8개월째인 이란성 쌍둥이 남매의 의외의 반응에 놀란 것은 두 아이의 부모만이 아니었다.

마리아 료코 또한 처음 수현과 함께 친구의 집에 찾아갔을 때, 걱정이 이만저만이 아니었다.

그녀도 케이트와 로이드를 처음 보았을 때, 자지러지듯 울어 대는 두 아이를 기억하고 있었기 때문이다.

마리아도 낯선 사람을 유난히 두려워하는 두 아이와 친해지기 위해 무진 애를 썼다.

사실 이미 잡혀 있던 약속이기에 아이들과 동물원에 가는 것을 취소할 수 없었다.

그렇다고 오랜만에 만난 수현과 계속 함께 있고 싶기도 해 에이미와 데이빗에게 양해를 구하고 수현을 데려온 것이다.

함께 동물원에 가기 위해 에이미의 집을 찾기는 했지만, 아이들이 거부하면 어쩔 수 없이 따로 움직일 생각이었다.

하지만 그녀의 예상을 뒤엎고 아이들은 수현을 처음 보는 순간부터 마치 헤어진 가족을 만난 것마냥 적극적으로 품에 안겼다.

그처럼 예상하지 못한 아이들의 반응에 잠시 소란이 일었다.

지금도 아이들은 엄마가 아닌 수현의 품에 안겨 동물원 이곳저곳을 구경하는 중이었다.

모르는 사람이 보면 수현이 아이들의 아빠로 보일 정도라 데이빗은 은근히 질투하기도 했다.

그런 데이빗의 모습에 수현은 자신도 모르게 속으로 한숨을 내쉬었다.

괜히 가족 나들이에 불청객이 끼어든 것 같은 모습이었기 때문이다.

"수현, 신경 쓰지 말아요. 데이빗도 이해할 거예요."

"맞아요. 이게 다 바쁘다고 아이들과 잘 놀아주지 않은 데이빗이 잘못한 거지."

사실 마리아와 에이미 두 사람은 데이빗이 수현을 신경 쓰는 것이 은근히 재미가 있어 일부러 질투 유발을 했을 뿐이다.

"그런데 수현은 아이들을 잘 보네요."

에이미는 양팔에 케이트와 로이드를 안고 있는 수현을 보며 말을 꺼냈다.

아이를 보는 것에 익숙하지 않은 사람들에게는 한 명을 안는 것조차 여간 힘든 일이 아니다.

게다가 제대로 안지 못하면 안겨 있는 아이도 힘들어한다.

하지만 수현은 물론이고, 안겨 있는 아이들도 너무도 편안하게 동물원을 구경하고 있어 신기하기 그지없었다.

"그러게. 힘들지 않아요? 한 명은 제가 안을게요."

에이미는 괜히 손님인 수현이 불편해할까 봐 걱정되었다.

하지만 그 말을 들은 케이트와 로이드는 수현과 떨어지기 싫은지 수현의 목을 감으며 더욱 품에 파고들었다.

그런 아이들의 모습에 수현은 피식 실소를 하였다.

"괜찮습니다."

수현이 그럴수록 에이미는 더욱 미안한 표정이 되었다.

사실 아이들이 수현을 좋아하는 것에는 이유가 있었다.

바로 수현의 몸에서 아이들이 좋아할 만한 달콤한 향기가 풍기기 때문이었다.

인간은 흑인, 백인, 황인으로 나뉜다.

그리고 인간도 큰 의미로 동물에 속해 특유의 냄새를 풍긴다.

그것을 흔히 페로몬이라 부른다.

페로몬은 이성을 유혹하고, 동성에게는 자신의 강함을 증명하는 역할을 한다. 하지만 제대로 관리를 하지 않으면 심한 악취를 내기도 한다.

이를 나쁜 의미로 암내라 부르는 것이다.

이렇듯 사람에게는 그 사람만의 특유의 냄새를 풍기는데, 특이하게도 이런 냄새가 적거나 잘 맡아지지 않는 사람들이 있다.

동아시아 국가의 사람들이 특히 그러하다. 동아시아라 하면 한국, 중국, 일본, 이렇게 삼국이 있다.

그중 한국과 일본인들이 암내가 거의 없다고 알려졌는데, 특이하게도 한국인들에게는 암내가 아닌 기분 좋은 냄새가 난다고도 한다.

이는 한국인들이 자신들을 좋게 포장하기 위해 만들어낸 말이 아닌, 외국에서 직접 설문 조사를 통해 알려진 내용이다.

때문에 한때 유명 대학들에서 이에 대해 연구한 일도 있었다.

그런데 수현은 한국인이면서 또 보통 사람과는 다른 신체를 가지고 있다.

낙뢰 사고 후 인생 게임, 스타 라이프가 몸에 안착되면서 그의 몸은 순수, 그 자체가 되었다.

인체에 이상이 생기면 시스템이 포착하여 경고를 한다.

신체 스탯이 올라가거나 레벨업을 하게 되면 말끔히 초기화되어 사라진다.

그러다 보니 수현의 신체는 갓 태어난 아기만큼이나 순수한 상태였다.

그러니 케이트와 로이드가 수현을 처음 봤음에도 그에게서 떨어지지 않으려 하는 것은 어쩌면 당연한 일이었다.

아무리 부모라고 하지만 에이미와 데이빗에게선 백인 특유의 암내가 나지만, 수현에게선 오히려 자신들을 유혹하는 달콤한 향이 나는데 어찌 안기지 않을 수 있겠는가.

그런 이유로 아이들이 수현에게서 떨어지지 않으려는 것인데, 그걸 모르는 에이미는 아이들 때문에 힘들까 봐 수현에게 미안할 뿐이었다.

그리고 수현을 본 뒤로 자신에게 안기지 않으려는 쌍둥이 남매에게 상처를 입은 데이빗은 질투로 이글거리는 눈으로 수현을 노려봤다.

"교외로 나오니 정말 좋네요."

수현은 여전히 두 아이를 양팔에 안은 채 이야기를 하였다.

어릴 때 소풍으로 동물원에 가본 기억이 있는 수현은 그때 본 동물원과 TV나 영화로만 잠깐 스치듯 보게 된 미국의 동물원을 실제로 느끼며 비교를 하기 시작했다.

'확실히 넓은 땅과 자본 규모가 다르니, 같은 동물원인데도 느낌이 다르네.'

한국의 동물원과 이곳의 동물원은 느낌이 확연히 달랐다.

한국은 좁은 땅덩어리 때문에 동물원의 크기가 대체적으로 작은 편이다. 그런데 수용하고 있는 동물의 종류와 숫자도 그리 적지 않았다.

그러다 보니 어쩔 수 없이 동물들은 좁은 공간을 공유할 수밖에 없다.

인간도 마찬가지지만, 특히나 동물들은 자신들만의 영역이 필요하다.

그렇지만 한국의 동물원은 그저 동물들을 수용해 관람객에게 구경시킨다는 목적만을 충족시키고 있어 우리에 갇힌 동물들이 받는 스트레스가 이만저만이 아니었다.

그런데 지금 수현이 방문한 동물원의 경우, 한국에 비해 훨씬 규모가 컸다.

동물들이 자연스럽게 방목되는 사파리는 물론이고, 심지어 일반 우리도 한국에 비해 배는 넓었다.

그래서인지 몰라도 동물들의 모습에서도 활기가 느껴졌다.

물론 야생에서보다야 활동 영역이 줄어들어 어느 정도 스트레스를 받기는 하겠지만, 그래도 뛰어놀 수 있는 공간이 어느 정도 확보되는 것 같아 수현은 그런 느낌을 받았다.

끄어엉!

주변에 있는 동물들을 구경하면 걷던 중 사자나 호랑이 등 맹수들이 모여 있는 맹수관 쪽에서 커다란 하울링이 들려왔다.

와아!

맹수의 하울링에 사람들이 몰리기 시작했다.

"이른 시간인데도 동물들이 신났나 보네."

"그러게 말이에요. 우리도 얼른 구경 가요."

데이빗과 에이미는 사람들이 맹수관으로 뛰어가는 것을 보며 정답게 대화를 나눴다.

정말이지, 얼마 만에 맛보는 여유인지 몰랐다.

처음 아이들이 수현에게만 안기는 것에 걱정과 부러움,

그리고 미안함과 질투 등 복잡한 심정으로 지켜보던 데이빗은 언제 그랬냐는 듯 신이 나 있었다.

그도 그럴 것이, 쌍둥이가 생긴 후로는 제대로 된 여유를 가져 보지 못했기 때문이다.

더욱이 데이빗과 에이미는 영화 촬영 스텝으로 일을 하고 있어서 육아는 물론, 일 때문에 시간적 여유를 갖기란 매우 힘들었다.

가끔 찾아오는 부모님이나 친구들이 있기는 하지만, 아이들이 낯을 가리는 통에 이도 쉽지만은 않았다.

그런데 수현을 보고 그의 품에서 떨어지지 않으려는 아이들의 모습에 처음에는 배신감과 질투도 났지만, 지금은 아니었다.

더 이상 두 사람은 아이들을 신경 쓸 필요가 없었다.

비록 남이지만 수현이 자신의 아이들을 너무도 잘 돌보고 있기에 이제는 본인들만의 시간을 즐기는 여유를 갖게 된 것이다.

데이빗과 에이미 부부가 앞장을 서고 그 뒤로 케이트와 로이드를 안은 수현이, 그리고 그 옆에는 마리아 료코가 함께 걸었다.

남들이 보기에는 아이들의 부모가 데이빗과 에이미가 아

닌, 수현과 마리아로 착각할 정도로 완벽한 가족의 분위기가 풍겼다.

조금 걷다 보니 일행은 맹수관에 도착했다.

그런데 사람들이 모여 있는 곳은 평소 인기가 많은 사자나 호랑이가 있는 곳이 아닌, 곰 우리였다.

그것도 북극곰 다음으로 커다란 아메리카 불곰 혹은 그리즐리 베어라 불리는 회색 곰 우리였다.

보통 곰은 털 색깔로 이름이 불리는데, 회색 곰은 털색이 회색이라 그렇게 불리는 것이 아니라 'Ursus Arctos Horribilis(공포의 곰)'이란 뜻에서 유래된 이름이다.

하지만 미국인들은 이 곰을 그냥 그리즐리 또는 그리즐리 베어라 부른다.

이 그리즐리 베어는 식인 곰으로도 유명한데, 그만큼 공격성이 활발해 야생에서 캠핑을 즐기는 캠핑족이나 산행을 하는 이들이 이 그리즐리 베어의 습격을 받아 목숨을 잃는 사례도 많았다.

그리즐리 베어의 우리에 도착한 일행들은 우리 안에 있는 곰들을 구경하다 어느 정도 흥미가 떨어지자 다른 맹수들을 보기 위해 이동하였다.

그런데 바로 그때, 갑자기 장내가 떠나갈 듯한 비명 소리

가 울려 퍼졌다.

"꺄아악!"

"어떻게 해!"

"사육사! 사육사 불러! 어서!"

"무슨 일이지?"

"그러게요. 무슨 사고가 났나 본데요?"

데이빗과 에이미는 뒤에서 들리는 비명 소리와 고함 소리에 눈을 동그랗게 뜨며 말을 주고받았다.

그러면서 일행은 자연스럽게 방금 전 지나온 그곳으로 다시 걸음을 옮겼다.

한편, 아이들을 안고 있던 수현은 심각한 표정이 되었다.

비명 소리와 함께 당황한 아이의 울음소리를 들었기 때문이다.

"에이미, 잠시 아이들 좀 봐주세요."

수현은 대답도 듣지 않은 채 바로 아이들을 맡기고는 소동이 일어난 그리즐리 베어의 우리로 뛰어갔다.

〈『스타 라이프』제11권에서 계속〉

www.bbulmedia.com